COLLECTION FOLIO

Philippe Claudel

# Chronique monégasque

## et autres textes

Gallimard

## Crédits photographiques

page 8 : photo © Image Source/Corbis
page 15 : photo © Larry Fink/Gallery Stock
page 18 : photo © Andrew Hetherington/Getty Images
page 36 : photo © Gilles Coulon/Tendance Floue
page 46 : Natacha Lesueur, *Sans titre*, 1999 © ADAGP, 2008
page 60 : photo © John Midgley/Gallery Stock
page 80 : photo © Olivier Culman/Tendance Floue
page 90 : photo © Bernard Faucon/Agence Vu
page 96 : photo © Alexandra Frankewitz/Transit/Picturetank
page 102 : photo © Raul Belinchon/Gallery Stock
page 108 : Philippe Ramette, *Socles à réflexion (Utilisation)*, 1989-2002 © ADAGP, 2008. Courtesy galerie Xippas, Paris. Photo Marc Domage

Cet ouvrage a été réalisé sous la responsabilité
d'Olivier Barrot, codirecteur de la rédaction de *SENSO*.

Études supérieures, enseignement universitaire : cursus classique pour un écrivain. Plus rare : un premier livre à trente-sept ans, suivi d'une vingtaine en huit ans. Parmi lesquels *Meuse l'oubli, Les âmes grises*, prix Renaudot, *Le rapport de Brodeck*, prix Goncourt des lycéens. Lorrain de terre et de cœur, romancier proche de ses lecteurs, il vient de tourner son premier long-métrage, *Il y a longtemps que je t'aime*, avec Kristin Scott Thomas et Elsa Zylberstein.

# CARNETS MONÉGASQUES

Midi. Pour commencer, arriver par les airs et y demeurer un instant, y demeurer suspendu, ne plus sentir les vibrations de l'appareil, ne plus entendre le vacarme du rotor et celui des pales qui découpent l'air, mais se faire oiseau, laisser aller son regard hors de la cage de verre, vers la ville tout en bas, qui tient presque dans le creux de la main, une ville qui paraît avoir glissé des collines et des crêtes rocheuses, une ville pressée sur elle-même, recroquevillée, blottie, serrée, sur le point de se jeter à la mer. La mer comme une frontière indépassable – mais on a vu que non, on sait que l'homme, s'il ne peut changer l'eau en vin, sait par contre muer la mer en terre, ce qui n'est pas un miracle négligeable.

*« Pour commencer, arriver par les airs… »*

*

Aube. La couleur de Monaco s'approche de l'orange, de l'orangé, de l'oranger, épousant parfois, au petit matin notamment, une heure avant le lever du soleil, un camaïeu d'ocres, de bruns terreux et doux, de marrons tendres, avec des pourtours de crème et de lait à la vanille qui donnent à la ville une estompe calme et onctueuse, quelque chose qui réconforte et procure un sentiment de quiétude rare.

*

Soir. Enfant, alors que je n'y étais encore jamais allé, le seul nom de Monaco suffisait à faire naître en moi une rêverie de luxe et de mer chaude, intensément bleue, avec posés à sa surface des éclats d'argent et de platine, de photographies de magazines en noir et blanc, de têtes couronnées, de starlettes lançant les dés au casino et d'écrivains conduisant pieds nus des Jaguar décapotables à la calandre parfaite. Dans ce rêve qui n'en était pas tout à fait un puisque je le faisais éveillé et les yeux grands ouverts, passaient aussi des créatures indéfinissables, belles et inquiétantes, et des hommes d'une suprême élégance, échappés d'un film où les voleurs aimaient des voleuses, et où la nuit faisait paraître gris les chats et superbes les amants.

*

Soir. Le soleil chaque soir s'effondre derrière la Tête-de-Chien, grand et gros rocher qui d'ailleurs ne ressemble en rien, vu d'ici, à un chien. En quelque sorte, c'est le gardien du lieu et du temps. Il ferme l'horizon comme il ferme le jour. On s'endort sous son épaule de pierre, contre son flanc. On le sait tout au-dessus, dans la pénombre veloutée des nuits d'été, à veiller sur la ville et sur nous. Les paysages minéraux sont les plus rassurants. Loin d'être une source d'angoisses, ces imposants et hautains sémaphores naturels font que j'abandonne toute garde et toute vigilance. Rien ici ne peut m'arriver de mal. Ici, je ne peux pas mourir. La mort est restée prisonnière de l'autre côté des barrières rocheuses.

*

Soir. Les vrais Monégasques ne sont que six mille. Tout le reste n'est que pièce rapportée. Rapportée et qui rapporte peut-être. À quoi reconnaît-on un véritable Monégasque ? À sa gentillesse et à sa simplicité. Il y a chez lui un amour du lieu qui se lit dans le moindre de ses regards et de ses propos, et aussi une modestie ainsi qu'une discrétion qui paraissent en parfait décalage avec les coutumes méditerranéennes.

*

Crépuscule du soir. Aller, vers la fin d'après-midi, quand celle-ci s'apprête à céder le pas au soir qui patiente en coulisses, sur la place du Casino, entre l'Hôtel de Paris et le café du même nom, lorsqu'un ballet parfaitement mis au point – mais par qui ? – est exécuté, au cours duquel les corps des passants, la lumière de la fin du jour, les déplacements feutrés des voitures de luxe aux carrosseries impeccables, s'agencent avec la précision d'un mécanisme d'horlogerie. C'est un grand décor de cinéma, une répétition d'un spectacle vivant, donné en toute gratuité de sens, et qui ne vaut que pour celui qui sait attendre, s'arrêter et coudre ensemble les morceaux épars.

*

Midi. *Barbagianna* : petites ravioles de pâte frite que l'on fourre de viande hachée et d'un peu d'herbes. On ne les trouve qu'ici, au début des repas.

*

Après-midi. Ma surprise de constater qu'une partie du rocher est creuse. Il a donc un ventre, l'étrange animal. Un ventre de concrétions, de chandelles, d'orgues, de stalactites et de stalagmites. Une grotte plonge sous les méandres épineux du jardin exotique. Sous les saguaros du Mexique d'autres formes effilées amènent à plonger dans la fraîcheur des entrailles. On dirait qu'on a retourné un gant, qu'une main énorme a pris la ville hérissée de maisons, de palaces et d'immeubles pour nous en faire voir le revers insoupçonnable. On descend des centaines de marches, et dans le temps de cette descente, on oublie le dehors, le dessus, on devient soi-même une créature improbable dont la pensée se met à goutter, peu à peu, et dont seuls les battements un peu oppressés du cœur rappellent la vie humaine. Il fait frais. Il fait bon. On revient dans un grand ventre primitif. On a oublié totalement Monaco et sa légende, ses voitures de luxe, son palais, ses palmiers, sa rumeur. On s'offre en raccourci un voyage vers le centre de la Terre. On descend. On n'en finit pas de descendre.

*

Matin. Au début du XX$^{e}$ siècle, un Anglais qui avait fait fortune aux Indes racheta une villa non loin de l'Hôtel Hermitage pour y loger ses seuls orangers. Il n'y venait presque jamais. Quatre domestiques étaient chargés à l'année de la bonne santé des arbres. On livrait des caisses d'eau des sources de Vittel et de Contrexéville dont on abreuvait les pensionnaires végétaux. Pour les tailler n'étaient utilisées que des cisailles d'argent massif. Pour Noël, les employés avaient ordre d'expédier à leur maître une caisse en bois de rose remplie des plus belles oranges emballées dans des papiers de soie multicolores.

*

Matin. Ma grand-mère disait *Monte-Carle*, rarement *Monte-Carlo*, jamais Monaco. Elle évoquait les princes qui gouvernaient le Rocher comme si elle les connaissait intimement. Lorsqu'elle parlait des Grimaldi, on aurait pu croire qu'elle donnait des nouvelles d'une personne de sa rue qu'elle venait le matin même de croiser chez le boucher ou à la crémerie.

*«Le vertigineux à-pic sur lequel s'épaule le bâtiment du Musée océanographique.»*

*

Crépuscule du matin. Le peuplement des yachts dans le port Hercule. Concours de démesure. C'est à qui parmi eux sera le plus gros ou le plus pointu, possédera les radars ou les paraboles les plus éminentes. Flottille de vanité, de blancheur et de résine de synthèse, qui couvre les eaux et s'oppose dans son éclat aveuglant lors du plein midi aux pastels estompés des maisons et des hôtels.

*

Après-midi. Le vertigineux à-pic sur lequel s'épaule le bâtiment du Musée océanographique. Déjà un défi en soi, une petite claque à la mer. Au-dedans, les regards d'enfant s'aimantent sur le grand squelette de baleine, suspendu magiquement dans les airs et sous lequel on tourne sans cesse, en recréant pour soi les chairs, la peau, les plaintes, les yeux, les battements de queue et de nageoires, tandis que de part et d'autre de la salle, dans de grands bocaux centenaires, des créatures indéfinissables que le formol a rendues pâles et caoutchouteuses rêvent à d'impossibles évasions.

*

Matin. Partout, je retrouve au pourtour des vieilles bâtisses et de quelques rues les échos génois. Le cousinage est le plus fort, qui demeure dans la lumière, dans les façades et les volets, dans la pose aussi de quelques-uns qui passent et se saluent dans une langue chaude. Le trouble ici vient peut-être de cette indécision géographique, de ce tangage qui fait que tout en croyant être dans un lieu connu et ancré, on se surprend à perdre ses repères au fur et à mesure que d'autres apparaissent, se superposent, se brouillent, s'effacent.

*

Nuit. Quelques vieux gréements, à l'image du *Tuiga*, se cachent dans les eaux du port. Couchés discrètement dans leurs boiseries vernies et huilées, toutes voiles pliées. Peu nombreux, ils récompensent le promeneur qui sait les débusquer. On s'imagine alors, tout en soupirant face à eux, dans leur cabine, allongé, mollement caressé par le roulis tandis que d'une main tranquille on tourne les pages d'un vieil ouvrage cartographié ou d'un antique récit de voyages dans les terres australes, qu'au-dehors le temps n'est pas très beau, que

peut-être même une petite pluie descend en poussière du ciel, et que sa marque sonore nous rend encore plus heureux d'être là, dans une cabine d'un autre siècle, accueillante et chaude.

*

Soir. On pénètre dans la salle du Sporting d'hiver comme dans un film musical à grand spectacle. Tout y est fait pour se sentir pousser des claquettes au pied. On glisse sa main sur ses cheveux, près de sa nuque, à la façon de Fred Astaire, tandis que l'orchestre salue les arrivants qui passent devant lui. Tout est mobile ici, la machinerie, la scène qui avance, se soulève, apparaît, disparaît, le toit, qui s'ouvre au milieu de la nuit pour mieux faire admirer la Voie lactée, et l'humeur le devient aussi, mobile, en suivant des yeux les serveurs et leur danse réglée entre les tables, le tourbillon des lumières, les reflets, les glaces, les chromes, les strass, les ors et les diamants. Tout est fait pour la fête, et chaque fête exige son roi. James Brown ce soir, inusable Mister Dynamite, à la coiffure impossible et à la voix intacte, roi ruisselant et bravache que rien jamais n'a brisé, ni la pauvreté

*« On pénètre dans la salle du Sporting d'hiver comme dans un film musical… »*

de l'enfance, ni la prison, ni les revers de fortune, ni la drogue, ni la gloire, ni le temps, ni l'oubli, ni les résurrections, roi d'une nuit et d'une musique qu'il a inventée, créée de toutes pièces. Au bout d'une heure, la salle est debout et acclame le monarque. On lui lance des roses, des bravos. Des femmes montent sur scène et l'embrassent. Le roi salue et sourit. Parfois, il arrive que du plafond ouvert tombe une étoile.

*

Aube. Beaucoup de Russes blancs jadis passaient ici la saison et tentaient de perdre leur fortune intarissable dans les jeux et le champagne. Familles nombreuses flanquées de nurses anglaises ou américaines, enfants blonds en costume de bain, femmes languides, hommes en costume de militaire d'opérette et jetant sur toutes les suivantes des regards à la Vronski. Ce joli monde fut massacré sans égard, on le sait, il y a un siècle, par des hommes du peuple qui avaient beaucoup trop mal au dos à force d'avoir courbé l'échine durant un millénaire. Aujourd'hui, il y a ici toujours autant de Russes qu'autrefois, et qui dépensent autant d'argent que leurs prédécesseurs. La différence est que les fils des bourreaux ont pris la place laissée libre par leurs anciennes victimes. L'Histoire souvent ne dédaigne pas l'ironie.

*

Aube. Sous la ville, voir ce qui l'a précédée, et notamment, il n'y a au fond pas si longtemps, le village de pêcheurs et de paysans, dominé par le château sur son promontoire. Imaginer ici la vie fruste et pauvre, les filets que l'on reprise, les barques ramenées sur la grève et dans lesquelles des enfants piailleurs aux joues salies se cachent et s'effrayent, les ânes et les chevaux faméliques au cuir usé sous le bât, et qui dételés tentent de trouver quelques touffes d'herbe. Les femmes derrière les persiennes closes ou le matin allant vers le petit marché. Et puis, comme dans ce beau roman de Maupassant qu'on lit un peu moins que les autres, *Mont-Oriol*, la subite transformation par la grâce diabolique des jeux et du pouvoir ensorcelant qu'ils exercent sur les hommes las, et alors viennent l'argent, l'or, le cristal, le clinquant, les soieries, les parures et les brillants, les épaules nues, les soirées, les rêves, les suicides, les amants, les maîtresses, les légendes, les excès, la mort toujours mais dans des draps de lin et dans des chambres encombrées de roses et de bibelots en Saxe.

*

Après-midi. Marcher en silence dans les couloirs et les escaliers de l'Hôtel Hermitage. On peut s'y perdre sans crainte. Rien n'y blesse. Tout y est feutré. Et puis, soudain, on lève la tête, on aperçoit l'immense verrière du jardin d'hiver. On est saisi par un petit vertige, on pense tomber en avant, et non pas en arrière, aspiré que l'on est par la clarté blanche du vitrail et le soleil que l'on sait juste derrière. Ou alors, on se dit que c'est l'œil énorme d'un cyclope dont le corps ne nous est pas encore visible et dans cette dentelle de verre et de vitrail, de volutes de fer et d'arceaux de fonte, on pense à l'élégance que possède cet art majeur, l'architecture, qui consiste à vêtir l'air.

*

Matin. De frêles vieilles dames, dans la rue de Millo, que tirent de petits chiens qui semblent aussi fragiles qu'elles, et qu'un courant d'air, ou une goutte de pluie, suffit à faire trembloter. L'émotion qui me prend alors à les voir aller ainsi.

*

Midi. La foule sur la place du Palais alors que le soleil et le vent semblent s'être donné le mot pour affoler les têtes. On attend la relève de la garde. Il y a chez l'homme un amour du militaire illimité dès lors que ce dernier n'est pas là pour assassiner ni piller. Des centaines de touristes. Peut-être même un ou deux milliers. Huiles solaires, shorts, appareils photo. Combien de photographies du monde sont prises chaque seconde dans le monde ? Dans une nouvelle de Borges des géographes conçoivent une carte à l'échelle 1 qui épouse donc exactement la Terre. La photographie privée participe un peu du même projet : chaque jour le monde est reproduit entièrement, mais le paradoxe est que malgré cela, ou bien à cause de cela, il n'est plus regardé. Des enfants écrasent leur visage contre les fesses des badauds qui sont devant eux. Ils protestent un peu. Leurs mains serrent fort celles de leurs mères, à moins que ce ne soit le contraire. Les pères s'essuient le front. Une fillette hurle qu'elle a faim. Passe une voiture aux vitres fumées. Une dame un peu forte crie qu'elle a aperçu Stéphanie tandis qu'à quelques mètres d'elle, un homme maigre et barbu affirme qu'elle transportait le prince Albert. Soudain une rumeur hérisse la foule comme parfois un vent silencieux fait trembler les blés dans les grandes plaines continentales, au plein cœur de l'été. Quelque chose est sur le point de se passer. On brandit les appareils photo. Le bruit des déclencheurs fait une musique de criquets et de cigales. On distingue au mieux quelques morceaux blancs de soldats, un roulement de tambour, un cri indistinct, l'éclair d'un sabre, le martèlement martial d'un pavé par des pas synchronisés. Les gens se pressent plus encore contre les autres. Tout va trop vite. On étouffe. Il fait chaud. On sent contre soi des peaux, des épaules, des seins, des chairs, des moiteurs. Puis soudain plus rien. Les moineaux s'envolent, fuient de toutes parts, regagnent guides, autobus, voitures, pique-niques. La place de nouveau est presque déserte. Les gardes immobiles comptent le temps. Je me suis toujours demandé à quoi pensait un soldat qui monte la garde. Aux gouttes de sueur qui lui coulent dans le dos et qu'il ne peut chasser ? À l'immobilité des iguanes sur leur rocher mexicain ? À son supérieur qui ne lui donnera pas sa prime de fin de mois ? À rien ?

*

Après-midi. La prison. Intégrée dans le paysage. Presque insoupçonnable. Le seul endroit pour loger gratuitement à Monaco. Son aspect romanesque, face à la mer. Je pense à Dumas, très vite, à beaucoup de romans d'aventures. Le taux d'occupation doit y être bien faible vu l'indice de criminalité qui flirte ici avec zéro. Peut-être certaines cellules sont-elles à louer à des prix avantageux ?

*

Matin. J'écris des lettres sur l'élégant papier de l'hôtel. J'aime beaucoup les correspondances d'hôtel, les écrire ou les recevoir. Ce côté voyageur en transit perpétuel. Cette ronde autour du monde. Entrez dans la danse. Embrassez qui vous voudrez.

*

Nuit. Je crois me souvenir, mais ceci est tout de même assez flou, qu'en premier lieu ce sont les commandos spéciaux qui ont débarqué, cinq équipes dans le port Hercule, accompagnées de plongeurs, et trois dans le port de Fontvieille. Il était quatre heures cinq du matin. Peu de temps après, il y eut de violentes explosions simultanées, que beaucoup prirent pour des feux d'artifice tardifs : le casino, le portail du palais, le Musée océanographique, le forum Grimaldi, le Sporting d'hiver, l'Hôtel de Paris et, curieusement, le musée du Timbre-poste furent aux trois quarts détruits. Aussitôt, tandis que des femmes et des hommes ensommeillés sortaient en pleurant dans les rues, des dizaines d'hélicoptères équipés de lance-roquettes quadrillaient le ciel, leurs haut-parleurs conseillant à la population le calme et la coopération, tandis que plus haut on entendait le sifflement effroyable d'avions de chasse. Des unités mobiles larguées par parachute prirent position dans toute la ville. Tandis que l'une d'entre elles investissait le palais et faisait prisonnier le prince Albert qui tenta de résister mais fut assommé d'un coup de crosse, trois autres évacuaient le Stars 'n' Bars et le Jimmy's, alignant les mains en l'air contre la façade des établissements Paris Hilton, Elton John – en jogging bleu pâle –, Ivana Trump, Donatella Versace, Karl Lagerfeld et quelques autres noctambules épouvantés et tremblant de peur comme des dindes à la veille de Noël. Les principales autorités se rendirent sans résistance. Les seuls combats féroces furent le fait d'irréductibles retranchés dans le Jardin exotique et qui, à défaut d'armes, lançaient des morceaux de cactus et autres plantes grasses sur les soldats qui avaient pris position plus bas. À six heures cinq, un sergent et un caporal enfoncèrent la porte de la chambre 394 de l'Hôtel Hermitage, et sans plus de façons me traînèrent au-dehors, sur la terrasse de la piscine, sans même que j'aie eu le temps de m'habiller. Là, Michèle Alliot-Marie, sanglée dans un treillis Gucci, rangers Prada aux pieds, accessoirisée Chanel, maquillage Jean Coll pour Shiseido, coiffure Maxi Foog pour Maniatis, déclara officiellement devant les caméras de CNN que la France venait de débarquer à Monaco pour mettre fin à huit siècles de dictature cruelle et sanguinaire et pour rétablir le peuple monégasque dans ses droits fondamentaux et inaliénables. À la suite de quoi, les deux soldats qui m'avaient arraché de mon lit me poussèrent du bout de leur canon vers le bord de la terrasse et me donnèrent l'ordre de sauter. Devant mon hésitation à le faire, ils m'empoignèrent et me jetèrent dans le vide. C'est à ce moment que je suis tombé de mon lit qui ressemblait à un vrai champ de bataille. J'étais en nage. Par les persiennes, une lumière mauve venait jusqu'à moi. Il n'y avait aucun bruit. Je suis allé à la fenêtre, j'ai ouvert les volets. Devant moi, le port, au loin, le rocher et les tours du palais. Un vent calme m'apportait le parfum de la mer. Au bas de l'hôtel, une jeune femme très belle courait avec des mouvements légers.

*

Après-midi. Impression parfois d'être un personnage d'un tableau de David Hockney ou d'une photographie d'Helmut Newton. À la plage du Monte-Carlo Beach Hotel par exemple, lorsque, allongé sur un transat que vient de préparer un garçon en bermuda et polo beiges, et croquant des grains de raisin frais, on assiste au défilé des corps huilés de femmes de tous âges, accessoirisées des pieds à la tête, lunettes de soleil, bijoux, montres, acide botulique, bracelets, implants, mules étoilées de strass, silicone, et qui vont se jeter à la mer, sous le soleil, avec une lenteur quasi irréelle et dans des gerbes de gouttes d'eau bleue.

*

Soir. Tandis que le ciel de bleu de Prusse est passé au noir de sèche, que les premières étoiles un peu timidement encore éclosent, que la chaleur étouffante du jour s'est muée en une caresse douce et que les femmes autour de soi s'éventent de la main, avec une lenteur gracieuse, que leurs yeux lancent des scintillements de pierreries, tout comme leurs bijoux, et qu'au-dessus du grand escalier de marbre de la cour du palais, dans la galerie qui porte son nom, Hercule dans ses belles fresques n'en finit pas d'accomplir ses exploits, l'orchestre s'avance et prend place, accorde ses instruments sous la conduite du premier violon. Puis viennent le chef et la jolie soliste, dans une robe rose qui fait comme des pétales autour de ses épaules blanches. Il y a des applaudissements. Puis ce grand silence, cette retenue, comme si le lieu, la foule, les musiciens eux-mêmes gardaient en eux tout leur souffle avant de se jeter corps et biens, comme on sombre, dans la musique.

*

Matin. Jadis les princesses mouraient de langueur, de maladie, sous l'effet d'une fièvre, de la brume ou du froid, du fil de la hache ou de celui de la guillotine. Aujourd'hui, elles meurent de vitesse, dans de belles automobiles qui deviennent leur cercueil de chrome et d'acier. Siècle pressé qui les précipite dans une mort mécanique, les figeant en un millième de seconde dans leur beauté qui ne variera plus, leur évitant les affres de la décrépitude, des agonies, des fins médicamenteuses, des chimiothérapies, des reniements, des pliures, des marches lentes et douloureuses, des issues fripées. Dans la cathédrale, la princesse Grace repose sous une simple dalle. Le public y dépose en forme d'hommage des fleurs dont les pétales forment alors une géométrie de constellations et d'astres qui varie chaque jour. Je songe à son beau visage, énigmatique, lisse et parfois inquiétant comme la surface trop paisible d'un lac, dans les films du Maître.

*

Matin. Imaginer dans ces rues qu'il a si souvent arpentées la silhouette maigre de Cocteau, les jambes prises dans un pantalon tuyau, son visage de Pierrot lunaire. En 1911, les Ballets russes de Diaghilev présentèrent en création originale pas moins de neuf spectacles, dont *Gisèle* et *Le Spectre de la rose*, dont le petit Jean dessina les affiches. Le monde était ici et se regardait du haut de la colline, sans songer que sous peu il regarderait sa chute du balcon de la guerre. Après, plus rien ne sera comme avant. Chacun continuera à faire semblant, c'est tout. La Belle Époque sera un vieux billet doux qu'on dépliera parfois pour le relire, avec nostalgie et en poussant des soupirs.

*

Soir. Les yeux des joueurs. Comme si toute leur âme et toutes leurs pensées s'y étaient réduites. Comme on dit en cuisine d'une préparation ou d'une sauce qu'elle a réduit. Et comme si plus rien de leur corps et de l'espace dans lequel ils se trouvent n'existait. Leurs yeux. Simplement leurs yeux. Roman russe.

*

Midi. Churchill, qui avait bon goût, a beaucoup fréquenté Monaco. Dans les années cinquante, il avait sa suite à l'Hôtel de Paris. D'amples appartements, à sa mesure en somme. Je ne sais s'il pratiquait l'aquarelle ici comme il le faisait dans les jardins de la Mamounia, à Marrakech. J'ai toujours été fasciné par le physique de Churchill. C'était sans doute l'homme politique le plus cinématographique du XX$^{e}$ siècle, avec J.F.K., dans un autre registre. Il serait stupide de dire que Churchill s'est trompé de carrière, tant il a réussi dans la sienne, mais j'aurais beaucoup aimé le voir donner la réplique à W.C. Fields et à Charles Laughton, dans une comédie amère et grinçante qu'aurait pu par exemple diriger Lubitsch. L'histoire de trois escrocs un peu minables, légèrement alcooliques et très spirituels, se faisant passer pour de hauts dignitaires du royaume – imaginaire – de Borétchénie et décidés à faire sauter la banque du casino. Daté de 1945, le film, en noir et blanc bien sûr, s'appellerait *Monte-Carlo Dreams*.

*

Après-midi. Par une journée brûlante tandis que dans le port Hercule les bateaux, clapotant dans une eau pareille à de l'huile en fusion, semblaient eux-mêmes à l'agonie, je suis entré dans le musée des Poupées, dont l'enseigne ne doit pas rebuter les adultes frileux qui penseraient trouver là un je-ne-sais-quoi réservé à l'enfance et à ses balbutiements. Subitement, on sent qu'on vient de passer une ligne, qu'on est ailleurs, dans un domaine étrange dont les lois à proprement parler ne sont plus humaines. Dans les vitrines, des centaines d'êtres aux yeux grands ouverts nous regardent passer, avec dans leurs pupilles un étonnement retenu et des questions qui paraissent rester en suspens tout au bord de leurs lèvres en porcelaine. La beauté de ces alignements de petits corps créés il y a longtemps vient sans doute de leur sagesse et de leur ressemblance pourtant maladroite avec des enfants réels. Mais c'est aussi ce subtil décalage entre le monde et sa réinterprétation qui donne naissance à un curieux vertige. On s'enfonce dans le musée. On n'entend déjà plus les voix du gardien et du caissier. Toute la maison semble capitonnée de liège comme pour amortir les bruits du dehors, les étouffer, les reléguer dans un autre univers. Nous sommes dans l'antre d'un magicien, d'un apprenti sorcier, nous parcourons les allées d'un laboratoire dans lequel depuis des décennies un savant obstiné tente de percer le secret de la vie. Les créatures forment une armée endormie, délicate et sage. On se dit que peut-être, notre dos tourné, quelques-unes esquissent un geste vers nous, rajustent leur robe ou leur chevelure, lèvent une main à l'image des automates, *L'Acrobate*, *Le Pierrot à sa plume*, dont les mécanismes complexes se mettent en route sans avertir, avec la grâce et la constance fidèle des servants qui ne veulent pas quitter les lieux, alors même que leurs maîtres depuis si longtemps sont déjà morts.

*

Matin. Devenir un gros animal revêtu d'un épais et confortable peignoir d'éponge blanc. Se laisser aller entre des mains expertes qui savent dénouer, allonger, détendre muscles et articulations, mécaniques internes et vertèbres délicates.

Puis plonger dans la belle piscine emplie d'eau de mer avant d'aller méditer un peu dans le hammam et songer alors, sitôt enveloppé de vapeur, au village d'Addidi Rabbih, à sa mosquée de pierres fauves et à son bain, dans lequel les suspensions des gouttes d'eau paraissaient toutes chargées des parfums de myrrhe et de thym de la campagne environnante. Puis, sur la terrasse dominant le port au repos, feuilleter un journal sans vraiment le lire, tout en écoutant la conversation de deux jeunes femmes anglaises, très rousses, très pâles, très belles, qui parlent de leurs maris en des termes épouvantables et drôles. Déjeuner ensuite, toujours en peignoir, entouré d'hommes et de femmes vêtus de la même façon, dans le restaurant des Thermes, de mets délicieux et légers qui font s'envoler à tire-d'aile toute idée d'excès et de faute, et se dire alors que peut-être cet univers de blancheur, de pas feutrés, d'abandon, de chairs heureuses et détendues, de visages calmes est une annexe méconnue d'un petit paradis dont nous aurions passé le seuil sans même nous en être rendu compte.

*

Matin. À pied, et dans le plus grand silence, avant même que le soleil ne se soit levé, emprunter l'exact tracé que suivent les bolides du Grand Prix de Formule 1. Déclencher une sorte de cinéma intérieur pour que se superposent et s'amalgament à la marche lente et silencieuse les hurlements des moteurs, l'odeur d'huile chauffée, d'essence et de gomme, les cris du public, ses frayeurs parfois. Fermer de temps à autre les yeux.

*

Après-midi. Les serveurs italiens présents dans de nombreux bars et restaurants, et qui décalent un peu plus encore la ville et la font appareiller vers un Sud aux cheveux noirs et à la langue de soleil.

*

Après-midi. Les interminables et sublimes vestiaires du Monte-Carlo Country Club, tout de boiseries séculaires et d'un calme qui doit avoir autant d'âge. Le soleil y vient lentement et les conversations des joueurs paraissent amorties par une distance qui ne se mesure pas en mètres. Par endroits, un peu de terre battue

colore le sol de marbrures ocre. Chaque armoire porte le nom de son propriétaire. Il y a ici une patte anglaise qui fait songer à des après-midi vertes et pluvieuses. Le bruit d'une douche apporte la sensation d'une averse subite. On se plaît à traîner un peu. On est bien. On entend par moments le bruit des balles frappées qui parvient du dehors.

*

Soir. Les auteurs qui m'accompagnent ici, Philippe Besson, Jean-Claude Pirotte, Brigitte Giraud, Leonardo Sciascia, Gilles Ortlieb, Michaël Ferrier, Henning Mankell, Yoko Ogawa. Savoir leurs livres tout à côté de moi, posés sur le chevet comme des sentinelles amicales qui jamais ne s'endorment et m'attendent toujours.

*

Après-midi. Tandis que le soleil efface les dernières gouttes de mer sur ma peau, je ferme les yeux, oublie les corps à demi nus qui m'entourent et plonge en pensée dans le frais

*« … le soleil efface les dernières gouttes de mer sur ma peau… »*

des caves de l'Hôtel de Paris. Dans des profondeurs taillées dans le roc y somnolent quatre cent mille bouteilles dont les plus vénérables passent le siècle. C'est en soi un voyage, et dans le temps, et dans la géographie des vignobles et des pays, que l'on peut faire en suivant du doigt sur la carte du sublime Restaurant Louis XV les noms tout chargés de magie. Peu importe au fond qu'on ne puisse se payer les flacons, le rêve, lui, n'a pas de prix, et tenter de penser quels arômes émanent d'un romanée-conti 1919 ou d'un latour 1875 est déjà en soi une dégustation qui, elle au moins, ne connaît jamais de déceptions. C'est un peu de l'histoire de l'Europe qui sommeille ainsi dans un écrin de pierre tant le vin garde la mémoire des jours et celle des remous, des brisures, du néant et de la lumière. Livre liquide et musée particulier où chaque pièce attend celui qui l'emportera, la fera disparaître, cave d'Ali Baba que ne parviendraient pas à épuiser mille et une nuits d'ivresse.

*

Après-midi. Près de la plage du Beach Hotel, une jeune fille blonde au bras d'un bellâtre tatoué pose devant un photographe déférent, puis avec arrogance l'envoie promener. Je me suis poussé à temps pour ne pas être sur le cliché, ayant un amour assez grand pour l'anonymat et la discrétion. Le photographe reprend ses esprits en rangeant ses objectifs tandis que le couple s'éloigne en se dandinant. « Qui était-ce ? » demandé-je. « Comment ? Mais c'est Paris Hilton ! » me répond, scandalisé, le photographe comme si j'étais passé à côté de la Vierge Marie sans même la reconnaître.

*

Nuit. Nuit d'été. Les si belles nuits d'été qui donnent souvent le sentiment que le monde est doux et la vie bien légère. Des nuits qui me ramènent à l'enfance aussi sûrement que les odeurs de foin coupé, de sous-bois et de galettes des rois. Lorsque éclate dans le ciel le feu d'artifice, on lit dans les yeux de celles et ceux qui lèvent la tête cette lumière de l'enfance qui ne demande qu'à être éblouie, pour ensuite, dans le souvenir, devenir éblouissante. Les architectures du port Hercule et les gréements prennent sous la mitraille des éclats fantastiques. La musique se mêle aux fumées et cela tourbillonne, s'élève et disparaît. Des grandes fleurs de feu s'incrustent quelques secondes dans les ténèbres puis leurs pétales meurent. Il y pleut des étincelles. La braise se fait neige, et l'eau sous tout cela devient un grand miroir. Le palais semble dormir. C'est une ombre solide. Un repère rassurant. Rien ne bouge.

*

Fin d'après-midi. Une pause aux abords de la jolie fontaine au sommet de laquelle saint Nicolas, un des deux patrons de la ville avec sainte Dévote, regarde dans le lointain tandis que sa main gauche protège les petits enfants sortis du saloir. Retrouver ici le saint m'est apparu tout à fait exotique, moi qui, dans ma Lorraine et depuis l'enfance, le connais et l'habille toujours de froid, de pain d'épice, de légendes allemandes et d'hivers neigeux.

*

Nuit. Nous autres Français allons toujours trop vite. Dans les moments aigus de notre histoire, notre sang se met à bouillir et nous n'avons de cesse que de le faire couler. Il y a deux siècles, sur un coup de tête, nous avons coupé celles de nos monarques. Depuis, nous l'avons bien regretté : c'était un peu comme de faire disparaître une manufacture de rêves. On a beau médire sur nos voisins anglais, on ne cesse malgré tout de leur envier leurs souverains bien vivants, fussent-ils physiquement disgracieux. Républicains viscéralement, nous aspirons pourtant à n'être que des sujets. Sans doute faut-il voir là une explication à la tendresse qui nous lie à la famille régnant sur Monaco. Même si la principauté n'est pas la France, elle n'en est pas éloignée, et les têtes couronnées ici sont un peu les nôtres. Et puis, elles ont su évoluer : ici, les princes et les princesses se marient, divorcent, s'essayent à la chanson, se tatouent l'épaule ou la cheville, portent des joggings, font des enfants sans être mariés, fréquentent les supermarchés, souffrent et rient. Comme nous. Ils sont simplement comme nous. C'est au fond ce qui les rend humains.

*

Midi. Je connais un petit bar sur un morceau de grève, en contrebas de la route, non loin d'un carrefour. Deux parasols publicitaires, trois tables campées de guingois non loin du tunnel et des escaliers qui mènent au Fairmont. Jamais un client, en tout cas chaque fois que je passe. Parfois, à deux pas, quelques hommes qui nettoient à grands coups de jets d'eau de petites embarcations et des scooters de mer. Des odeurs de sel et de goudron. Mais surtout une question sans réponse : quel chemin emprunter pour aller y boire un verre ?

*

Fin de matinée. À Kyoto, le chemin de la philosophie fait passer d'un jardin à l'autre, la plupart d'entre eux ayant été créés il y a plusieurs siècles. Je m'y suis promené un printemps, tandis que les érables étrennaient leurs feuilles nouvelles et que dans les bassins les carpes se frottaient les unes aux autres. Les jardins là-bas sont plus que des jardins, on le sait. Ils parlent du monde et le résument. Ils inscrivent des paysages dans l'espace comme on grave des pensées dans du marbre. Je suis resté des heures dans le Jardin japonais de Monaco. C'est une sorte d'enclave dans la ville. Dès lors qu'on franchit sa porte, les bruits s'estompent. On marche avec lenteur. On s'arrête. On entre en soi. Il y a là une beauté qui me touche au plus haut et une harmonie dans les volumes, les lignes et les couleurs, les sons et les matières mêmes des feuilles, de l'eau, des branchages et des mousses qui invite à sauver l'homme et à se montrer indulgent à son égard, lui qui parfois, comme ici, sait se faire pardonner ses laideurs.

*

Début d'après-midi. Je suis resté longtemps devant les œuvres de Romuald Hazoumé qui fabrique des masques africains à l'aide de vieux jerricans en plastique, qu'il coupe en deux et habille de raphia ou de cheveux synthétiques. L'Afrique noire a déroulé son art dans la pénombre climatisée du Grimaldi Forum. On suit les siècles, on file l'humanité. On glisse des premiers âges à ceux des vidéastes. On parcourt un continent de pierre, de bois, de cuivre, de fer, d'ivoire, de tôle, de terre et de pigments. Les beaux visages nous renvoient à nos imperfections, les masques à notre vérité, les peintures de Chéri Samba à nos erreurs, tandis que les photographies de Seydou Keita, indirectement, signent le triomphe du noir sur le blanc. On sent soudain toute la force du creuset de l'humanité qu'est l'Afrique, sa vigueur sereine, sa certitude aussi peut-être que si elle fut la première, elle sera aussi la dernière debout, lorsque tous les autres continents, fatigués et malades, se seront couchés sur le flanc pour mourir sans grâce comme de vieux éléphants.

*

Matin. Partir. Avec un sentiment ému qu'on aurait pensé impossible. Ne venir à Monaco qu'une seule journée, ainsi qu'on le fait trop souvent, c'est ne rien savoir, ni rien voir, ou plutôt, mal voir. C'est un peu comme si après avoir pris une seule fois le thé avec une femme on prétendait bien la connaître. Et Monaco est une femme, étrange, paradoxale, qui se plaît à se masquer, à ne pas apparaître trop vite, à ne pas se donner au premier venu ou au passant pressé. Il faut du temps ici pour découvrir l'envers du décor, les replis et les pépites. Les angles de rues, les fontaines oubliées, les mascarons, les visages, les humeurs. Au fond, Monaco sait parfaitement se protéger contre celui qui pense l'avoir cernée. Elle sait jeter du grain pour amuser les petits oiseaux sans cervelle tandis qu'elle réserve ses trésors et ses charmes à ceux qui le méritent vraiment. Il y va de l'apprentissage. Il faut savoir faire sa cour à une ville parfois. Et les visages ici si différents que prend le lieu sont un peu à l'image de notre temps et de notre époque où les hommes hésitent et parfois se perdent, où les grandes beautés se frayent un passage au milieu des épines, où des valeurs de sable recouvrent des fondements de pierre, où l'irréel joue le jeu du véritable, où glissent de jolies ombres devant des corps pleins. Au fond, Monaco propose une leçon à qui veut bien l'entendre. Elle se moque elle-même de ses propres travers. Elle les rend édifiants.

# CHÂTEAU SÜSKIND

Le patron du petit bar à vins de l'Amalien Strasse me regardait en se frottant le front. Il avait un visage las, parcouru en tous sens par des rides fines. «*Süskind...*», reprenait-il avec régularité, comme s'il faisait tourner le mot dans son cerveau, tout en passant un chiffon doux sur ses verres au chômage. Il se nommait Josef K., comme l'indiquait un badge épinglé au revers de son gilet de velours noir.

Je sombrais dans le ballon ambré qu'il m'avait servi un peu plus tôt. « *Weisswein...* » avais-je dit, à peine entré, dans un allemand lacunaire rescapé du temps de mes brèves études. Le neuburger qu'il m'avait versé sentait la noisette sèche. Il n'était pas désagréable. On pouvait trouver pire. Josef m'avait regardé y tremper pour la première

*« ... je m'étais imaginé présenté farci et en gelée... »*

fois les lèvres, comme on épie un novice. Lui buvait de grands verres d'eau avec une déplorable monotonie. J'avais encore essayé quelques mots, dans cette langue qui m'était désormais plus qu'étrangère, mais ses rides s'étaient plissées davantage, me faisant bien comprendre qu'il ne comprenait rien. Je m'étais alors raccroché à ma seule question : «*Süskind, Sie kennen ?*» Le petit bar était désert, comme les rues d'ailleurs. Audehors, j'apercevais parfois la traîne d'une jeune fille juchée sur un vélo très haut et qui roulait sur le trottoir en faisant tinter sa sonnette grêle. C'était tout. Munich s'approchait à pas menus de la nuit.

La veille au soir, j'avais pris un train comme on boit un dernier verre : en titubant, et sans songer. Et tout cela par la faute d'un livre trouvé à même le banc. Un roman abandonné là et que j'avais lu jadis, un roman de senteurs et de crimes, de laideur, de jasmin, de rose sanie. Un roman qui avait pour titre *Le Parfum* et pour auteur Patrick Süskind, «né en 1949, vivant à Munich», comme le rappelait la notice de l'éditeur. Je me souvenais de ma lecture passée. Je me souvenais de l'immense succès rencontré par le livre. Et je me souvenais aussi de l'absence de son auteur, de sa réticence à se montrer, du mystère qui avait fini par entourer sa personne, du faible nombre d'écrits qu'il avait ensuite publiés. Comme s'il avait voulu se taire. Comme s'il n'existait pas vraiment.

Voilà des mois que je n'avais pu écrire une seule ligne. Voilà des mois que je restais devant l'écran gris de l'ordinateur, à attendre que la petite mélodie revienne, et que la première phrase se déroule, puis la suivante. Mais rien ne se passait plus. Je saisissais toutes les excuses pour fuir mon appartement. Je me faisais l'effet d'être une ancienne source craquelée par un soleil constant. Je pris *Le Parfum* dans ma main. Le hasard me parut un augure.

La guichetière à qui je demandai un billet pour Munich me regarda avec pitié. « Pourquoi Munich », murmura-t-elle au bout de quelques secondes. Qu'aurais-je pu lui répondre ? Que je ne voulais plus me retrouver face à moi-même ? Que j'avais soudain le curieux désir de rencontrer un homme qui avait fini par se taire, par ne plus rien écrire ? Un homme qui d'ailleurs, peut-être, n'existait pas ? Ma bouche ouverte. Je mâchais de l'air.

« Je n'aime pas les trains qui partent en Allemagne, je préfère ceux qui en reviennent… Trop de choses… Les bruits de train qui vont là-bas… Le bruit des roues, vous savez ce bruit "tac à tac, tac à tac, tac à tac", la chaleur, les larmes… Ils allaient bien quelque part tous ces trains, hein ? Ils y allaient oui ou non ? » La guichetière avait parlé lentement derrière la vitre. Sa voix s'échappait d'un monde éteint. Ses yeux regardaient à travers moi. Elle s'appelait Isabelle. Elle finit tout de même par me délivrer mon billet, en secouant lentement la tête de droite à gauche. Un clochard à deux pas chantait *Les Roses blanches*, en caressant son chien couché tout contre lui. Lorsqu'il vit mon verre vide, Josef le remplit de nouveau, avec lenteur, puis il planta ses yeux dans les miens et reprit : *« Süskind, Sie sagen… ? Süskind… Süskind… »* Il prononçait le nom comme une litanie. Je voyais qu'il aurait bien aimé me faire plaisir en trouvant une réponse, mais ça ne venait pas. Il regardait de temps à autre l'alignement de ses bouteilles, comme pour y trouver l'inspiration d'une réponse, puis se resservait un verre d'eau qu'il buvait avec de respectueuses précautions. Je lui avais demandé *« Süskind, Sie kennen ? »*, comme à des dizaines d'autres ce jour-là.

Une libraire rousse de la Franz-Josef Strasse m'avait fait comprendre après avoir vu le roman dépasser de ma poche que l'auteur habitait le quartier : un carré de rues larges, ouvertes comme des paumes très propres. Alors, j'avais tourné en rond, dans un porte-à-porte singulier et somme toute grotesque, butant comme une mouche contre les vitrines d'antiquaires craquant sous le Biedermeier, croisant des vieillards costumés, culottes, bas, chapeau à blaireau, pèlerine en laine grise, des femmes mûres coiffées comme pour occuper les premiers rôles dans des téléfilms américains des années quatre-vingt où le pétrole et le whisky coulaient à flots. J'avais lu des cohortes de noms interminables sur des plaques de sonnettes cuivrées, sans jamais trouver le bon. J'avais bu des bières blanches, blondes, beiges, mangé des petits pains, des saucisses, des jarrets de porc, des strudels saupoudrés de cannelle. J'avais dévoré et bu comme si le sort du monde en dépendait, m'abrutissant d'alcool et de nourriture, sortant d'une brasserie pour entrer dans une taverne, quittant la taverne pour me terrer dans un bar et ainsi de suite, durant des heures, balbutiant ma question : *« Süskind, Sie kennen ? »*

La nuit précédente, sitôt monté dans le train, ouvrant le livre, j'avais retrouvé le geste de Jean-Baptiste Grenouille. J'avais revu son visage, sa laideur, son corps d'avorton. Ce meurtrier des Lumières avait un nez incomparable et le désir d'étreindre le parfum des vierges. Sans doute sommes-nous tous comme lui qui, lorsque nous écrivons, volons aux autres ce qu'ils ont de plus cher, et qu'ils ignorent parfois. Mais je ne pouvais plus désormais commettre le moindre larcin. J'avais perdu la main, tout simplement. Et je me persuadais qu'il en avait été ainsi pour ce romancier bavarois sans image, dont je ne me souvenais pas avoir vu de portrait, ni même de signe avéré d'existence et dont le dernier livre publié remontait à plus de dix ans déjà.

Le vieil homme monté à Kehl et avec lequel je partageais le compartiment de train s'était endormi tout en lisant un ouvrage au titre pour moi singulier : *Geheimnis.* Sa tête frappait comme un petit marteau la vitre embuée. Il portait de curieuses chaussettes mauves, de ce mauve si particulier qui est celui des belles digitales venant en nombre dans les fossés de juin, au plus profond des forêts de résineux. Nous passions des pays dont je ne connaissais rien. Des maisons défilaient devant mes yeux, des ponts, des églises, des vignobles engourdis, des pentes douces de petites collines, à peine éclairé tout cela par le serpentin de lumière et de vitesse dans lequel, bien heureux, je me laissais aller. Dans la voiture-restaurant, le barman autrichien me servit un vin rouge de son pays, qu'il trouvait excellent, et qui ressemblait à du jus de betterave. Nous en bûmes ensemble deux bouteilles. Peut-être trois. Ce fut le premier homme à qui je posai ma question, en lui montrant le livre auquel je m'agrippais comme à une bouée : *«Süskind, Sie kennen?»* Il loucha vers le titre et me répondit en me citant toutes les marques de parfums qu'il connaissait, levant son verre et portant un toast pour chacune d'elles, Guerlain (qu'il prononçait Kerlain), Chanel, Zaint Laurent, Lanvin, Chivenchy, Chean-Paul Kaultier… Puis il finit par s'écrouler sur ses deux bras repliés. Au matin, dans le compartiment, le vieux monsieur s'était changé en jeune fille, une étudiante rose qui révisait ses notes en se frottant les genoux et en fermant les paupières pour mieux psalmodier. Nous approchions de Munich, petits boqueteaux, champs perclus de taupinières, labours d'une noirceur d'encre, comme si la terre suppurait de l'os calciné, de la cendre mêlée à de la boue, une mélancolie droit jaillie des sillons. Des miradors çà et là, en nombre si considérable qu'on eût pu croire à un complot, surveillaient des rangées de sapins dans l'attente des chasseurs et des biches qui allaient avec. J'avais la gueule de bois. Je me sentais couillon.

En débarquant dans la gare de Munich comme un marin refait et minable, teint gris, pantalon de papier, barbe sournoise, il me sembla que tout tanguait, vraiment : mes pas, ma vie, l'Allemagne. Une vieille dame en me croisant lança des mots de rocaille. Je ne les compris pas mais je les entendis trop bien. Dans le ciel plat et bleu, des nuages obèses déroulaient leur marche d'opérette. Jean-Baptiste Grenouille était mort dévoré, selon son désir, par une horde de crapules changées en cannibales et qui l'avaient tué par amour. Comme dans un cauchemar, durant la nuit, je m'étais imaginé présenté farci et en gelée, le corps nu entouré d'un collier d'œufs durs et de tomates à un banquet réunissant les plus anciens et les plus fidèles de mes lecteurs qui m'attendaient le couteau pointu et la fourchette levée. La ville de Munich ne sentait rien. J'avais beau ouvrir mes narines, je ne percevais que le parfum du froid et celui de la propreté. Il n'y avait pas d'ordures, pas d'aliments abandonnés et corrompus, pas de femmes poudrées sortant dans des éclairs de cymbales d'une porte à tambour, aucune merde de chien. Rien. Cette ville n'avait pas d'âme. Tout y était trop beau, trop sain, trop clair, trop neuf, trop net. Les rues récurées, les trottoirs blanchis, les magasins briqués. C'était comme si une main gigantesque avait nettoyé tout cela, vigoureusement, emportant même par mégarde dans son éponge quelques habitants sacrifiés à la cause. Même les brassées de fleurs jaunes rangées sur les étals de marchands provisoires n'avaient pas de couleurs à offrir. Des orphelines en quelque sorte. Des démunies. La ville souffrait du même mal que le héros du *Parfum*, elle n'avait pas d'odeur. Grenouille était plus munichois que parisien. Il était né le long du charnier des Innocents mais c'était bien près de la Marienplatz qu'il avait vu le jour, dans la vaste perspective venteuse de la Ludwig Strasse, contre les pans rosés de la Frauenkirche, dans cet air neutre, clair et sans relief où le nez devient pour l'humain un appendice grotesque et sans utilité et non l'instrument d'un savoir, d'une ivresse constante, d'un érotisme de l'âme.

*« Süskind… Süskind !? Natürlich ! »*, hurla à mes oreilles tout en broyant mon épaule un géant aux cheveux en brosse et en culotte de peau. Il me fit signe de le suivre, en me souriant, et m'entraîna au pas de charge comme une parade militaire. Il transportait un tuba qui renvoyait les éclats du soleil. Le gros instrument gigotait contre son corps, comme une femelle en rut, tandis qu'il me pressait de l'accompagner, m'encourageant sans cesse, comme dans une enceinte olympique. Enfin, il s'arrêta et, d'un geste de la paume qu'il avait large comme un fer de bêche, il me désigna la devanture compassée d'un commerce au-dessus de laquelle je pus lire, en lettres gothiques : *Süskind, Lebensmittel und Gemüse*. Derrière la vitrine, de gros bocaux protégeaient la médita-

tion d'innombrables cornichons pensifs. Des salamis goitreux attendaient le couperet tandis que des rémoulades s'engorgeaient dans leurs trop-pleins de crème blanche. Il y avait aussi des bretzels en couronne, des *Brötchen* bouffis, des pains noirs en retrait, des saumons bien fumés, des carafons de schnaps. Sur le mur tout proche, une petite peinture montrait Adolf Hitler vêtu en communiant, à genoux, les deux mains jointes. Mon compagnon d'un moment me laissa, « *Wiedersehen!* », puis courut à ses aventures, son tuba contre lui. Je n'étais qu'au début de mon chemin de croix.

Il y eut ensuite bien des stations, dans cette journée irréelle, bien des demandes, toujours les mêmes, et bien des bières aussi, des pichets de vin, et des bières encore, et des pichets de vin : je vidais tout cela et ne remplissais rien, ni ma vie, ni les heures, ni les manques. Je me trouvais bien sot, et l'aurais été plus encore si soudain le miracle m'avait fait être devant celui que je feignais de chercher : « *Süskind? Ja... Ja... Ich bin's.* » Qu'aurais-je pu lui dire? On ne sait jamais ce que font nos romans quand nous leur avons tourné le dos. Les livres que l'on écrit rencontrent des douleurs qu'on ne soupçonne pas. On aligne des mots en ne songeant qu'à nous-mêmes, et ceux-ci finissent malgré nous par rejoindre des plaies, les panser parfois, les aviver souvent. C'est bien là le sublime exhaussement de la vie sur le continent toujours mort de la littérature et de ceux qui la font. J'avais depuis longtemps dans mon parcours égaré *Le Parfum*. Un autre le trouverait après moi, quelque part, comme je l'avais trouvé moi-même. La nuit était tombée tout à fait maintenant. Plus de jeunes filles, plus de bicyclettes. Et toujours pas de clients dans le petit bar de Josef. Mon ivresse devenait une chaude couverture. Le grüner veltliner avait succédé au neuburger : moins de noisette, davantage de fraîcheur, une pluie d'avril en quelque sorte, tombant sur les heures plombées de mars. Josef s'était retiré dans sa cuisine. J'entendais des grésillements, des chocs sourds, des tintements de couteau et une fumée bleue, serpentine, venait jusqu'à moi, oignons, lard frit, saucisse rouge, chou mariné. J'avais en quelque sorte retrouvé ma famille. Ne manquaient plus qu'un anneau de serviette à mon prénom et un gros lit de plumes.

Quelques heures plus tôt, par hasard, alors que mes pieds m'en voulaient déjà de ce pèlerinage, dans le miroir d'une palissade tapissée de zinc poli, j'avais aperçu mon corps, déchiré et coupant, taillé, en éclats, épars, tandis que je songeais aux jours qui s'en allaient comme une poignée d'eau entre des doigts ouverts. Munich m'avait offert cela, cette mosaïque de moi-même, ces morceaux projetés, ce puzzle incongru qu'aucune main désormais ne s'amuserait à remettre en forme. C'était moi en ce jour qui ne sentais plus rien. C'était ma vie, ma vie devant moi, qui avait perdu tout *parfum*.

J'en étais arrivé à ces pensées moroses, à cette minute où tous les alcools bus commençaient à cogner leur misère sous ma petite tête, lorsque Josef surgit de sa cuisine comme un diable d'une boîte, abandonnant sa fricassée qui nous avait enrubannés d'une brume puante, et vint à moi en brandissant dans sa main un gros livre sur lequel, en français, il était écrit *Les Mille et Un Vins de pays*. Il posa le volume sous mon nez, d'un air de triomphe, l'œil enfin, et pour la première fois, brillant. Puis il planta un doigt sur la couverture et cria : « *Süskind! Château Süskind vielleicht? Französischer Wein?* », comme s'il avait une révélation. Je voulus le détromper mais je ne trouvai pas les mots. Et puis, ce Josef K. avait l'air tellement heureux, et moi, je me sentais si las. « *Château Süskind…* », repris-je alors dans un murmure, trempant une fois encore mes lèvres dans le vin. Les parois du petit bar commencèrent à chanceler. Je sentis monter en moi un sommeil étrange, sirupeux et doux. Et c'est alors que je vis, avec la plus troublante netteté, dans l'infini ralenti du plus beau des cinématographes, comme au coin d'une page d'un autre livre dont il me semblait désormais faire partie, disparaître le sourire, puis la nuque, puis le pas de Josef, non pas dans sa cuisine mais curieusement par-delà un pont de bois, sur une colline mangée d'obscurité et de brouillard, vers un château qui n'existait pas, tandis que je restais bien loin de tout comme un pauvre géomètre ivre et démuni, *les yeux levés vers ce qui semblait être le vide.*

## BYE BYE NICOLE

Je n'ai pas vu Nicole depuis des mois et je n'ai pas de nouvelles. Quand elle avait quitté Tom, celui-ci m'avait confié qu'elle ne lui avait plus jamais téléphoné. Un metteur en scène m'a dit qu'elle vit désormais avec un guitariste noir qui se prend pour Jimi Hendrix. Je vois parfois certains de ses clips sur MTV. C'est un grand fabricant de soupe et qui fait une fixation sur les années soixante-dix. Pauvre Jimi. Pauvre Nicole. Cette nuit, j'ai fait un rêve australien, comme une peinture de sable. Je courais absolument nu sur une terre rouge. Je n'étais pourtant poursuivi par personne. Je courais lentement. Je n'étais pas essoufflé. Je songeais au Temps du rêve. J'entendais des chants. Je me suis réveillé en sursaut. C'était la nuit encore. Par la fenêtre, j'apercevais Central Park, comme une grande masse d'un vert très sombre, presque noire. Il n'y avait pas de voitures dans les rues. Je n'avais aucune idée de l'heure, et ne voulais pas la connaître. J'ai songé aux seins de Nicole, et à l'Australie. Je me suis recouché.

Il est six heures du matin. Je nage seul dans la piscine de l'hôtel. C'est un sublime bac rectangulaire recouvert de mosaïques. Je nage tout en jetant de temps à autre des coups d'œil vers l'Hudson River sur laquelle flotte un brouillard paresseux. La jeune employée de l'hôtel préposée à la piscine est née à Tijuana. Elle a vingt-trois ans, fait du triathlon, se marie dans deux mois, attend un bébé. Elle m'apporte un peignoir, une grande serviette, une bouteille d'eau. Nous parlons un peu espagnol. Elle me demande ce que je fais dans la vie.

Ma chambre est au trente-troisième étage. Je n'ai pas trop envie d'en sortir. J'ai toujours adoré les chambres d'hôtel. Les hôtels en général. Miteux ou magnifiques. Il me semble que, là, je suis dépouillé de tout. II ne reste que la carcasse, et ce qui va avec, c'est-à-dire peu de choses. C'est Robert, mon agent, qui a choisi celui-là. Le Mandarin Oriental. Sur Columbus

Circle. « Il vient d'ouvrir, une merveille, tu seras bien. » Il a toujours tendance à exagérer, à mentir par générosité ou par hypocrisie professionnelle. Il me parle comme à un grand malade. Nicole ne le supportait pas. Pour l'hôtel, il n'a pas menti. Je m'enroule dans ma chambre, comme dans une couette. Je regarde les voitures et les taxis, plus bas, pendant des heures.

Pour mon dernier roman que j'essaye d'écrire, je suis parti d'une idée simple qui m'est venue en décollant la tapisserie dans ma maison, l'autre jour. J'ai tout changé dans la maison. C'est toujours pareil. Quand l'une me quitte – je ne quitte jamais, je suis toujours quitté –, je change tout : les papiers, les peintures, les rares meubles. Nicole avait fait ses valises depuis trois semaines. Je buvais des bières environné par la vapeur de la machine à décoller qui faisait un doux clapotis. Je raclais le papier qui s'accrochait à la spatule comme des lambeaux d'une peau curieuse, chaude et molle. Je pleurais en même temps. Sur le mur en plâtre, j'ai alors remarqué une phrase griffonnée : « Billy Bob devrait plutôt allait se faire foutre ! » C'était mon écriture, mais je ne me souvenais plus avoir écrit cela sur le mur, ni quand, ni qui était Billy Bob, un vague copain, un personnage d'un de mes romans, ou d'un de ceux de mes confrères.

Kate me masse le dos avec ses avant-bras. Elle est du Montana. Je ferme les yeux. Je me suis laissé convaincre par ce que l'hôtel sur ses plaquettes appelle la « *beat experience* ». Je pensais à quelque chose de vaguement sexuel, mais je me trompais : jacuzzi géant, douche avec pluie tropicale, hammam, sauna, etc. Puis massage. Je pourrais me faire masser pendant des heures. Je ne suis plus rien dans ce cas. Ou peut-être un poulpe, une moule – mais excessivement faible et âgée ; je n'ai jamais su d'ailleurs l'espérance de vie des moules, de mer ou de rivière. Je ferme les yeux. C'est tout à l'heure, dans le hammam, que j'ai repensé à la décolleuse à papier peint, à la phrase sur le mur, à mon idée de roman. L'eau dégoulinait sur les pâtes de verre. Je respirais à pleins poumons l'air saturé d'essence d'eucalyptus. J'avais l'impression que j'allais tourner de la tête d'un instant à l'autre, mais non. L'endroit ressemblait à une grotte artificielle d'un palais florentin que j'avais visité avec Nicole. Je l'avais prise en photo, à l'entrée de cette grotte. Elle avait un foulard qui cachait ses cheveux, des lunettes noires. Elle souriait.

Ensuite, nous étions retournés à notre hôtel, près de l'Arno. Nous nous étions endormis, l'un contre l'autre. Il y avait des pigeons sur le toit. C'était l'après-midi.

« Alors, c'est quoi ton idée de roman ? » Robert me regardait avec compassion. Nous avons déjeuné ensemble, il y a quinze jours. J'avais eu la bêtise de lui téléphoner, après avoir lu la phrase sur le mur. Il m'avait alors invité dans un restaurant à la mode, qui venait d'ouvrir, et qui était déjà plein tous les soirs. Je n'ai jamais compris cet amour de Robert pour les endroits qui viennent d'ouvrir. Il ne va que là. Le restaurant était décoré dans le style pakistano-javano-balino-hindouiste. Les propriétaires avaient dû piller là-bas de vieilles maisons traditionnelles, les démonter, les mettre en caisse, et les remonter ici, dans Soho. J'avais l'impression de déjeuner dans un temple. Ne manquaient que les petits singes chapardeurs. Tout ce que nous mangions était délicieux et ressemblait à tout ce que l'on mange partout dans ces mêmes restaurants chics et assez chers qui viennent d'ouvrir. On a l'impression que le cuisinier a fait comme l'architecte et le décorateur, qu'il est allé un peu partout, en Extrême-Orient, et qu'il y a fait son marché.

Je buvais surtout du vin. Robert me servait sans cesse. À un moment, il a posé sa main sur la mienne, un peu comme un père et il m'a dit : « Oublie Nicole, je t'en prie… » La vie est cocasse. Robert m'a dit cela alors même que depuis quelques heures je ne pensais pas à elle, que j'avais réussi à la chasser de mes idées. Robert m'a fait un clin d'œil.

Je suis dans mon lit. C'est très grand un lit d'hôtel. Un lit d'hôtel luxueux. Ce n'est pas fait pour quelqu'un de seul. Il faut y être au moins à deux. Voire à trois : soi-même, sa femme, son enfant de quelques mois qui dort pouce dans la bouche entre les deux parents qui le regardent bêtement émerveillés. Seul, dans ce genre de lit, on est comme amputé. J'ai déjà écrit trois lignes sur mon ordinateur, et je somnole. C'est donc l'histoire d'un gars qui détapisse. Il vient d'acheter la maison. C'est une vieille maison, qui était restée inoccupée depuis une trentaine d'années. Il vient de se faire plaquer par Karen, une actrice avec qui il vivait depuis deux ans. C'est un intellectuel. Son nom est John Hashes. Il est auteur de pièces de théâtre, des pièces qui marchent bien. Il détapisse, et à un moment, en enlevant une large bande de papier, un texte apparaît, minutieusement écrit sur le mur. Et le texte commence ainsi : « Aujourd'hui, 5 novembre 1972, j'ai tué Karen. Je viens de le faire. Son corps est encore dans la chambre... » Hashes lit, fasciné, cette confession. Il détapisse comme un fou, au fur et à mesure de sa lecture, car le récit se prolonge sous plusieurs lais. Voilà. Mon agent a trouvé l'idée extraordinaire. Il trouve toujours toutes mes idées extraordinaires. Il est un peu payé pour cela.

Le téléphone a sonné alors que j'étais de nouveau dans le désert australien. Toujours nu, toujours courant, mais avec un bébé entre les bras. Il faisait très doux. Des Aborigènes me regardaient passer. Certains chantonnaient. Une vieille pancarte en bois sur le bord de la piste indiquait « Nicole 745 miles ». La voix du téléphone est aussi douce que le climat australien : « Sonia et Tania vous attendent au lobby, monsieur. » Je ne connais aucune Sonia ni aucune Tania, mais avant même que j'aie pu le dire, la jeune femme avait déjà raccroché. Robert a souvent le don de me prendre des rendez-vous sans m'avertir vraiment. Je me souviens que durant notre dernier déjeuner, il m'a parlé de deux journalistes anglaises qui souhaitaient m'interviewer, mais comme j'étais déjà un peu ivre, je n'en avais pas retenu davantage. J'éteins l'ordinateur. Sur Central Park South des dizaines de taxis lambinent. Je pense à ma maison, à Brooklyn. C'est toujours étrange d'être à l'hôtel dans sa propre ville. Je me demande si j'ai bien débranché la décolleuse. Nicole oubliait toujours de débrancher le fer à repasser.

Le premier soir, au bar de l'hôtel, j'avais bu coup sur coup trois mojitos. Les bars des palaces me font toujours penser à des plateaux de cinéma. On s'apprête à tourner. Les caméras sont invisibles, mais chacun est déjà en place, à jouer son rôle. Sauf que je n'ai jamais su exactement quel était le mien. Autour de moi, des jeunes gens des deux sexes, beaux, élégants et parfumés, parlaient de choses sans importance en s'adressant des sourires aux dents parfaites. D'immenses baies vitrées ouvraient sur la ville. La vue était stupéfiante. La nuit commençait à recouvrir d'ombres les buildings tandis que le ciel gardait encore son lait d'un bleu profond. J'avais l'impression de me trouver dans la cabine de pilotage d'un zeppelin. Des lumières un peu partout simulaient d'étranges voyants de contrôle. J'avais envie d'arracher les amarres et de décoller. Pour La Havane par exemple, que je ne connaissais que par les cocktails et quelques romans.

Près du lobby, deux jolies jeunes femmes m'attendent. Chacune a un badge, avec son prénom, Tania, Sonia. Elles me serrent la main avec une énergie inaccoutumée chez les critiques littéraires, fussent-elles anglaises, puis me disent que l'hôtel est très honoré de me compter parmi ses hôtes et qu'elles sont ravies de me le faire visiter. « Nous pouvons commencer ? » Sonia me regarde d'un air interrogateur. Je n'ose pas dire non. Tandis que l'ascenseur nous emmène je ne sais où, je pense à Robert. Il a toujours gardé un esprit potache. Ce genre de blague lui ressemble bien. Je ne sais pas ce qu'il a raconté à ces deux jeunes femmes, mais c'est bien à lui que je dois ce traitement. Tania et Sonia en un peu plus d'une heure me montrent toutes les catégories de chambres, avec vue sur le parc, ou vue sur la rivière, en me détaillant pour chacune d'elles la décoration, le confort, les prix. Nous allons crescendo dans la qualité. Ce n'est pas désagréable cette visite. Je me laisse faire comme un petit garçon. Comme lorsque je suis chez le coiffeur. Je fais même semblant de m'intéresser. Je pose des questions sur les différentes eaux minérales du minibar, sur le traitement antiacarien de la literie, sur la provenance du marbre des salles de bains, sur la tarification haute et basse saison. Je n'ai jamais aimé déplaire aux jolies femmes. Vers la fin, tandis qu'elles me laissent admirer la suite présidentielle, après m'avoir dit fièrement que c'est la chambre la plus chère du pays, douze mille dollars par nuit – grande comme ma maison et dans laquelle effectivement on doit pouvoir loger un président, sa femme, ses cigares, sa stagiaire et sa suite, Sonia me cite le nom des personnalités qui ont déjà fréquenté l'hôtel depuis son ouverture : Madonna vient au spa, Mick Jagger passe parfois au bar, David Bowie a dormi à mon étage, Jennifer Lopez nage de temps en temps dans la piscine, et Nicole a résidé une semaine à l'hôtel le mois dernier.

Tania et Sonia viennent juste de me raccompagner dans ma chambre avec une sollicitude de nurses. Je suis resté un moment sonné dans la suite présidentielle lorsque Sonia a prononcé le nom de Nicole. Je me suis abattu sur le lit du président, d'un coup, comme un boxeur touché. «Vous ne vous sentez pas bien? Vous voulez un verre d'eau minérale? Fidji, Islande, Autriche, Norvège, France, Japon... Quelle eau, monsieur ?» Les deux jeunes femmes étaient paniquées. Elles tournaient autour de moi comme des lucioles. Moi, je les regardais l'une et l'autre, sans doute avec un air de crétin parfait tout en murmurant : «Nicole… Nicole… Nicole…» Je suis maintenant dans la baignoire. L'eau est brûlante. J'adore. Sur l'écran plat du téléviseur de la salle de bains, Larry King se penche vers son invité comme s'il allait lui rouler une pelle. Il a des bretelles à motifs d'ananas. Je me demande quel âge a cet homme, et ce qui se passerait si on lui enlevait ses bretelles. À vrai dire, je ne sais pas tellement comment continuer mon histoire avec John Hashes. La confession du tueur sur le mur détapissé était une bonne amorce, le fait que la victime ait le même prénom que la femme qui venait de le quitter était aussi un élément intéressant. Mais après ?

«Ton John Hashes a des choses à se reprocher, il ne doit pas être très catholique, c'est pour ça qu'il est fasciné par la confession du tueur, peut-être même qu'en définitive c'est lui-même qui l'a écrite cette confession, et qu'il ne s'en souvient plus, et que Karen c'est vraiment Karen, sa propre femme qu'il a tuée, en fait il est complètement schizo, et puis amnésique aussi… » Robert est agent, pas romancier. Heureusement. Voilà une heure que je l'ai au téléphone. Il parle. Il écrit mon roman. Tout y passe. Robert s'enfile des heures de mauvaises séries télé par jour. Il recrache. Il ne s'en rend même pas compte. Je suis allongé sur la méridienne près de la fenêtre de ma chambre. J'aperçois des promeneurs, des joggeurs, des enfants sous les frondaisons de Central Park. Il fait très beau « … et le 11 septembre Karen était dans une des deux tours, mais sur un coup de fil de John, elle est partie une demi-heure avant que le premier avion ne se pointe, tu vois, le problème, c'est qu'elle est tout de même persuadée que John était au courant pour les deux avions, elle sait que son meilleur ami, c'est Georges qui est une huile de la CIA et donc… » J'ai mangé tous les chocolats offerts par l'hôtel. Et les pâtes de fruits, les gâteaux, les pâtes d'amande. Les trois pommes, les deux pêches, la poire, la banane. Et j'ai bu la demi-champagne. J'ai glissé les cartons de Tania et Sonia qui accompagnaient ces petits présents dans la poche de mon peignoir. J'ai un peu mal au ventre. « … le pire, c'est que la décolleuse appartenait à un Chinois marron en cheville avec la Mafia, et ça, John ne pouvait pas s'en douter. De même qu'il ne pouvait pas savoir que le type qui le suivait depuis Ground Zero n'était pas un quelconque employé de banque mais en fait un ancien amant de Karen… Qu'est-ce que tu en dis, Philip ? Philip, tu m'entends ? Tu es là ? Philip ? »

Le restaurant de l'hôtel possède un petit salon privé, relativement étroit, tout en longueur. D'un côté, une grande baie, très haute, par laquelle on aperçoit la façade d'un immeuble. La plupart des fenêtres sont éclairées. De l'autre, un mur translucide, en verre, dans lequel sont présentées des centaines de bouteilles de vin. De Californie, de Nouvelle-Zélande, de France et d'Australie. « Vous connaissez l'Australie ? » Sonia, très jolie dans son tailleur marine, attend ma réponse, la fourchette levée. Tania s'interrompt aussi, et attend, comme si ce que j'allais dire valait parole d'évangile. Elles sont touchantes toutes les deux à s'occuper ainsi de moi. « Par personne interposée, seulement… » Ma voix se fane. Mes yeux s'embuent. Mes lèvres et mes mains tremblent un peu. Un éclair d'effroi passe dans le regard de Sonia. Je sens qu'elle a peur que je refasse le coup de la suite présidentielle. Tania, très professionnelle, change de sujet : « Votre agent nous a parlé de votre projet de roman sur les grands hôtels, c'est fascinant ! Vous avez déjà le titre ? »

Dans les couloirs, une épaisse moquette donne l'impression de s'enfoncer dans une pelouse. De temps à autre, une console en bois laqué accueille une coupe qui contient quatre pommes artistiquement posées. Elles luisent sous les lumières artificielles. Des femmes de chambre me saluent avec un sourire et une politesse qui me donnent l'impression qu'elles me connaissent depuis vingt ans. Je suis là depuis quatre jours. Je connais tout de la vie de l'employée de la piscine. Elle ne sait pas grand-chose de la mienne. J'ai dû nager en tout une vingtaine de kilomètres. J'ai renouvelé cinq fois la *beat experience*. Je n'ai pas croisé Madonna. Je me suis endormi deux fois sur la table de massage. J'ai eu affaire à Sarah, Bridget, Mouni – deux fois – et Carole. Toutes sont de grandes professionnelles. Aucun geste déplacé. Je suis toujours un peu gêné de l'état dans lequel je suis à la fin de chaque séance, mais elles ont assez de tact pour faire semblant de ne s'apercevoir de rien. Tania et Sonia font livrer dans ma chambre des chocolats et des fruits toutes les trois heures. Ainsi que des eaux minérales des cinq continents.

Robert m'avait déjà fait le coup de l'hôtel. Il y a deux mois. À Washington. Sous le prétexte d'une conférence qui avait curieusement été annulée au dernier moment – c'est d'ailleurs lui qui m'en avait averti deux heures avant par téléphone. C'était déjà un de ces grands hôtels, luxueux, qui donnent l'impression que la vie ne peut être qu'une aventure merveilleuse et sans risque. Déjà un hôtel qui venait d'ouvrir. D'ouvrir à peine. Où Madonna était passée, Paul Newman, Mick Jagger, David Bowie, Jennifer Lopez, et Nicole évidemment. C'était une grande jeune fille aux seins généreux emprisonnée dans un tailleur trop petit pour elle qui me l'avait dit. Et j'avais été sonné, évidemment. Et elle avait été gênée, évidemment. Comme Sonia. Comme Tania. Je m'étais déjà affalé sur le lit de la suite présidentielle qu'elle était en train de me faire visiter. Elle m'avait éventé avec ses mains, m'avait donné de l'eau minérale écossaise. Le malaise était passé. Je m'étais mis au piano. Elle m'avait écouté avec bonté estropier une vieille mélodie piquée à Charlie Parker. Puis elle avait applaudi. Elle se prénommait Georgia. J'étais déjà occupé à commencer un roman. Je ne sais plus lequel. Robert me téléphonait tous les jours. Je ne quittais guère ma chambre, sauf pour aller dans les restaurants où j'étais invité – par qui, je n'ai jamais su. Georgia m'accompagnait toujours. Elle se montrait très aimable, bien élevée. Elle venait du Texas. Elle ne prononçait plus jamais le prénom de Nicole. J'allais au spa de l'hôtel, me faisais masser. Je dormais. Je nageais. Je mangeais les fruits que Tania faisait disposer dans ma chambre. Un jour, j'ai voulu prendre l'air. Je suis allé revoir la tombe de J.F.K., le portrait de Marilyn par Warhol à la National Gallery, le mémorial Abraham Lincoln, le Capitole. J'ai traîné dans Georgetown. J'ai mangé un hamburger et bu de la bière. Et puis je suis rentré rêver d'Australie.

John Hashes décide finalement de tout retapisser, sans parler de l'histoire à qui que ce soit. Il ne l'a même pas recopiée sur son ordinateur. Ce qui est curieux, c'est qu'en la lisant il a un peu oublié Karen. La douleur est moins vive. Comme si elle datait de 1972. C'est un souvenir qui gratte un peu. C'est tout. Il va dans une droguerie pour acheter du papier peint. Il en choisit un, très pâle, reposant, avec seulement de temps à autre comme de petites étoiles dorées, presque imperceptibles. Il s'approche de la caisse. Le vendeur est un type assez vieux. Une bonne gueule ravagée par la cigarette, et peut-être aussi par l'alcool. Un sourire qui s'enfonce dans ses rides. Il porte encore une de ces casquettes à visière, comme les employés de bureau dans les films des années quarante. Lui et John discutent un peu. Hashes paie ce qu'il lui doit, puis il serre la main au vieux type « … et là le type lui dit son nom, et ce nom, c'est le même que celui du meurtrier qui a écrit sa confession sur les murs de la maison de ton gars ! C'est du tonnerre ça, mon vieux ! Tu vas casser la baraque avec ton histoire. Je peux te dégotter un à-valoir d'enfer, et si tu me fais un script de quatre cinq pages, je le vends déjà à un de ces connards de producteurs ! Parole ! ». Le soleil est couché depuis deux bonnes heures sur Manhattan. Ma chambre ressemble à un joli sanctuaire, nacré et calme. Je n'écoute plus Robert. Je songe au mojito que je vais aller boire au bar, dans quelques instants. La nuit dernière, en sortant de mon rêve, toujours le même, j'ai allumé la télévision. Il pouvait être trois ou quatre heures du matin. Le visage de Nicole est apparu. Elle pleurait. Ses larmes coulaient sur ses joues dans une lumière bleutée. Elle était sur un lit, comme moi j'étais dans le mien. Elle portait une combinaison légère. Elle jouait formidablement bien la souffrance. Je connaissais par cœur ce film, et la séquence en question. C'est après le tournage que nous avions commencé à sortir ensemble. C'était il y a quelques années, un siècle déjà. Je l'ai regardée longtemps. J'avais coupé le son. Dieu qu'elle était belle. Il y avait la ville au-dehors. Elle et moi dans la chambre. Un écran entre nous. C'est tout.

Robert hurle dans le téléphone : « Mais je parle dans le vide ou quoi ! Tu te fous de moi ! Tu deviens bizarre, mon vieux ! Demain je te change d'hôtel ! Tu t'endors comme un gros coq dans ce palace. Je t'ai déniché un bouge qui vient d'ouvrir dans Greenwich, un truc communautaire à dix dollars la nuit ! ça existe encore ! Tu dois balayer, laver le sol, prendre part aux corvées, c'est plein de types aux cheveux longs et de nanas qui ne s'épilent jamais, tu verras, je suis sûr que ça va t'inspirer ! » Nicole adorait le Village. On allait souvent s'y promener. Surtout les jours de pluie. Robert a raccroché. John Hashes continue toujours à discuter avec le vieil employé de la droguerie. Le jour décline. Le vieux lui propose une cigarette. John n'a pas fumé depuis dix ans au moins. Il accepte. Lui et le vieux fument. John se dit qu'il est bien con d'avoir arrêté de fumer. Il ne se souvenait plus que c'était aussi bon. Ils parlent. Longtemps.

De papiers peints, de cigarettes, de cinéma. De leurs vies. Du temps. John se sent soudain étrangement bien en compagnie de ce quasi-inconnu. Le vieux lui dit qu'il est veuf. Et John, après un moment d'hésitation, lui dit que lui aussi.

# LA GROSSE FRENZI

C'est une histoire de parfum, de premier baiser, de confiserie, d'ombellifères et de cinéma. Une histoire qui dure, et qui n'en finit pas. Une histoire d'enfance, mais qui se prolonge, comme une sève dans les ramures de l'arbre qui grandit, jusqu'à l'âge adulte. Une histoire pour toute la vie en somme.

Je ne me souviens plus guère de mon visage de dix ans, seulement un peu de mon corps, de la maigreur de ce corps, de sa petitesse, de sa fragilité qui me faisait garder le lit souvent, succombant au moindre rhume et à la plus bénigne épidémie. J'étais le plus petit et le plus maigre de ma classe, le plus moqué aussi, même si je ne m'en suis rendu compte que beaucoup plus tard. J'aimais beaucoup les autres, mes camarades, sans voir qu'au vrai je n'étais rien pour eux, ou tout du moins pas grand-chose, et que mon utilité dans les jeux était bien réduite : je ne courais pas très vite, je jouais mal au football, je m'effondrais dans les bagarres sitôt la première gifle. Les autres étaient des petits rois. Je les admirais. Je les trouvais beaux, forts, malins, et je n'étais pas le seul puisque les filles de mon âge semblaient du même avis, tournant en minaudant autour de mes compagnons, leur donnant sourires et promesses, rougeurs et caresses, tandis qu'elles m'ignoraient avec constance, s'accommodant de ma présence comme on tolère un chat, un souffle d'air, un murmure.

J'étais fou amoureux de l'une d'elles, qui avait un prénom à la mode, Isabelle. Elle faisait de la danse et marchait dans la cour de l'école comme sur la scène de l'Opéra, avec la grâce et la légèreté d'une demoiselle glissant sur l'eau. Je composais pour elle des poèmes, que je recopiais sur des feuilles de bristol blanc auxquelles, grâce à la complicité de quelques allumettes volées, je donnais des allures de vieux parchemins jaunis. Je dessinais quelques cœurs au feutre rouge, percés de flèches. Ils perdaient leur sang, et moi mon temps, car je ne reçus jamais rien, ni sourire, ni mot, ni regard, ni baiser évidemment, de la part de ma belle. Je glissais mes précieux vers dans son cartable, en cachette, le cœur cognant fort dans ma fragile poitrine, et j'attendais.

Mon supplice avait lieu un peu plus tard, la plupart du temps dans la cour, au moment de la récréation, lorsque mon Isabelle, qui à la réflexion n'était pas très belle – elle avait le front énorme, les yeux un peu globuleux et les dents en avant –, lisait à haute voix mon poème, en riant, à toutes ses amies qui l'entouraient et accompagnaient ses rires, les poussant à des hauteurs stridentes et assassines, qui achevaient de me crucifier.

Sans doute mes poèmes étaient-ils déplorables – je me souviens de la fin de l'un d'eux « *Ô mon Dieu plus que la mortadelle/ Moi ce que je préfère c'est mon Isabelle* » –, mais ils étaient écrits avec fougue et sincérité, dans l'atmosphère fiévreuse de grandes soirées solitaires durant lesquelles je m'imaginais tour à tour sous les habits d'un chevalier du roi Arthur, d'un compagnon d'Ulysse, d'un poilu revenant à la maison où l'attendait son Isabelle.

Un jour, ou plutôt une après-midi, eut lieu chez l'un d'entre nous un goûter d'anniversaire. D'ordinaire, en ces occasions, nous nous retrouvions entre garçons, à manger gâteaux et crêpes, puis à jouer ensuite avec des petits soldats, des trains électriques, des voitures de course lancées sur des sols de cuisine en linoléum. Mais ce jour-là, la présence de filles marqua notre entrée dans une autre dimension. Les voitures, les soldats et les trains furent oubliés et, sitôt les bougies soufflées, le gâteau et les crêpes avalés, nous nous retrouvâmes tous au salon, dont les volets avaient été fermés, les meubles poussés. Une ampoule rougeâtre donnait à la pièce une lumière sourde. Un électrophone diffusait les rares disques de la famille ce qui durant les quelques heures que nous passâmes dans ce lieu nous permit d'entendre en boucle *Z'avez pas vu Mirza* de Nino Ferrer, *Made in Normandie* de Stone et Charden, *Aux Champs-Élysées* de Joe Dassin, *Le Zizi* de Pierre Perret et *Les Neiges du Kilimandjaro* de Pascal Danel. Aucun d'entre nous ne savait danser, ni les filles ni les garçons. Au mieux, nous avions vu au cours de mariages, de bals populaires, ou d'images à la télévision, des adultes se déhancher ou se rapprocher sur des musiques lentes ou syncopées. Nous bougeâmes du mieux que nous pûmes.

Le standard neigeux de Pascal Danel était le seul qui possédait un rythme suffisamment lent : il fut décidé tacitement et à l'unanimité qu'il servirait de slow. Ainsi chaque fois que le chanteur gravissait les pentes de sa montagne, des couples se formaient, la lumière, déjà faible, s'atténuait plus encore, les corps se rapprochaient et les premiers baisers eurent lieu, à ma grande surprise et à mon grand dégoût, surtout lorsque je vis la bouche d'Isabelle s'écraser sur celle du grand Benoît Petitbeuls, un gaillard qui me dépassait de deux têtes mais qui ne savait jamais que six et six font douze et que l'eau bout à cent degrés.

Moi, je restais sur ma chaise, regardant ces ombres soudées aller et venir comme de petits fantômes, et je songeais que l'existence est injuste, et que finalement dans la vie il vaut mieux être grand, fort et bête, que petit, malingre et poète.

C'est au huitième passage des *Neiges du Kilimandjaro* que tout se déclencha. Je n'avais pas remarqué que durant ce slow je n'étais pas le seul à regagner ma chaise et à y demeurer. Christine Frenzi partageait mon sort. Christine Frenzi. La grosse Frenzi, qui une heure plus tôt avait dévoré à elle seule deux parts de gâteau et cinq crêpes. C'est elle qui s'approchait de moi et qui me regardait. Je me sentis alors aussi faible et vulnérable qu'une tranche de pain d'épice.

«Tu danses ?

– Ben…

– Tu danses oui ou non ?

– C'est que je sais pas trop comment ça se danse…

– Je t'apprendrai. »

La grosse Frenzi m'empoigna le bras et me décolla de mon siège, puis, parvenue au milieu du salon, elle m'enlaça avec force en m'étouffant à moitié. J'essayai moi-même de l'enlacer, hélas mes bras étaient beaucoup trop courts. Mon visage arrivait à la hauteur de son cou. Je sentais contre moi son ventre rebondi et sur sa poitrine deux rondeurs naissantes, fermes et pyramidales qui se pressaient contre mes côtes. J'avais du mal à respirer tant elle me tenait fortement contre elle. Mais c'est au moment où Pascal Danel devenait langoureux – « …*Elles te feront une blanc manteau, où tu pourras dormirrrrrrrrrr!* » – que la grosse Frenzi me prit par surprise : elle desserra un peu son étreinte, me regarda dans les yeux. « Ça va ? » me demanda-t-elle. Et lorsque pour lui répondre j'ouvrais un peu les lèvres, elle rapprocha vivement son visage du mien et planta sa langue dans ma bouche.

C'était chaud, assez doux. Des images d'escargots et de limaces défilèrent dans ma tête. La grosse Frenzi n'en finissait pas de fouiller mon palais avec sa langue. Je ne parvenais pas à respirer. Je commençais à m'étouffer. Je vis le visage de ma mère, ceux de mon père et de mes deux sœurs. Je me préparais à mourir par asphyxie dans la haute altitude des sommets, mais, heureusement, *Les Neiges du Kilimandjaro* fondirent et *Mirza* sauta dans la pièce. La grosse Frenzi retira sa langue, me prit par la main, m'emmena vers une chaise, me fit asseoir, et voluptueusement, avec une lenteur gracieuse, s'assit sur mes cuisses.

C'est là que commença mon autre supplice, après celui de la langue. J'avais l'impression qu'on venait de poser sur moi deux gros sacs de plâtre. Je ne sentais plus le sang circuler dans mes jambes, mon petit short en nylon rouge à bandes bleues rentrait dans mes chairs. De temps à autre, la grosse Frenzi se retournait vers moi, me souriait, et j'essayais sans me plaindre et sans hurler de lui rendre son sourire. Passèrent Nino Ferrer, Stone et Charden, Joe Dassin et Pierre Perret. J'étais au bord des larmes tant j'avais mal. Mais revint Pascal Danel. La grosse Frenzi se leva, m'empoigna et, ne s'apercevant même pas que j'avais toutes les peines du monde à marcher de nouveau, elle me traîna sur la piste. Au moment où mes cuisses s'apprêtaient à revivre, comme si le sang en elles se déversait comme une lave bienfaisante, ma partenaire souda de nouveau sa bouche à la mienne et sa langue entra en action pour trois minutes de suffocation.

Ainsi se passa mon après-midi, entre apnée et écrasement musculaire. Je passais d'une souffrance à une autre, sans savourer le moindre plaisir. Mes premiers baisers furent donc un supplice, et serrer contre moi, sur moi, ma première partenaire en fut un autre.

Ce n'est que beaucoup plus tard que naquit le bonheur. Des années plus tard, tandis que j'étais devenu un voleur. Un voleur ménager qui plongeait sa main dans un grand bocal de fruits confits que ma mère gardait dans une armoire. Mes doigts saisissaient les longs bâtonnets d'angélique que j'allais ensuite manger en cachette, dans ma chambre. Ce petit larcin provoquait toujours en moi une étrange émotion qui dépassait de loin le simple plaisir de manger clandestinement cette friandise. J'avais oublié depuis longtemps la grosse Frenzi, ses baisers et mes cuisses écrasées, et pourtant elle me revint ainsi, sous l'aspect de cette tige verte d'une fragile ombellifère, dont le nom évoquait la belle Michèle Mercier et la claudication de Geoffrey de Peyrac, c'est-à-dire pour moi tout un cinéma de rêve, d'adolescence, de capes et d'épées.

Car ce parfum subtil de l'angélique confite, ce parfum d'ombellifère endormie dans le sucre, c'était celui de la nuque et de la langue de Christine Frenzi, c'était celui de mes premiers baisers, de mon cœur battant aux approches d'une mort que je croyais certaine, c'était celui d'un petit garçon disparu, aux jambes maigres et au short en nylon, qui assis dans une pièce obscure, au début d'un été, ne savait pas encore ce que serait sa vie, ni combien les femmes, leurs baisers, leurs douceurs et leur immensité la rendraient tour à tour supportable ou divine.

## L'ÉVEIL

Tout vient de la terre d'abord. Comme un signal. Une évidente ouverture. Un fruit qu'on libère de sa gangue et dont la chair longtemps enclose paraît brutalement se délacer. C'est bien à ce moment qu'il faut n'être plus qu'un nez, fermer les yeux, redevenir l'animal que les millénaires ont endormi. Ici, en bien des endroits les prémices du printemps se hument. Glaises amollies, roches soudain chauffées, herbes qui verdissent de nouveau, eaux courantes dans les rigoles des prés et qui font penser à de petits torrents échappés de glaciers disparus, brumes bleues aux étranges parfums d'ardoise qui viennent vers le crépuscule du soir ouater les boqueteaux de bouleaux.

*« Des panaches de fumées âcres, pailles encore humides, branches de framboisiers... »*

Vers les fins de mars, on part en famille au Bois Brûlé comme on va en pèlerinage. Le chêne et l'acacia y mêlent leurs épines et leurs mousses. Les légendes attribuent son nom aux massacres de la guerre de Trente Ans, lorsque des hordes de mercenaires taillaient la Lorraine comme un gros quartier de viande, faisant saigner le moindre de ses villages et se balancer au vent des faîtes leurs maigres habitants. Je ne sais si c'est vrai.

C'est le moment des jonquilles, qui viennent dans ce petit bois comme des points d'or sur la robe sombre d'une reine, et que l'on cueille avec la délicatesse qu'elles requièrent, elles qui annoncent toutes les autres fleurs, elles qui sont sans parfum mais dont la couleur solaire inaugure les journées douces. On en fait des bouquets mêlés du bleu des pervenches, que l'on lie avec des ficelles de lierre. On les accroche à des bâtons de noisetier. On rentre ainsi, avec ces trophées de corolles, vers les maisons, en passant par les vergers encore engourdis et qui peinent à se réveiller malgré l'impatience des bourgeons de fruitiers luisant sous leur glu.

Les prés se remettent à peine des mois de gel et de neige. Ils ressemblent à de vieilles peaux de bison qu'il faudrait brosser longuement pour qu'elles reprennent un peu de couleur. Des enfants chantent. Je ne les vois pas. Je n'entends que leurs voix claires derrière des halliers d'aubépines. Dans le ciel, deux buses paradent et tracent des cercles qui finissent par se rejoindre. Plus bas, vers la fin du coteau que le grand canal surfile d'un liseré glauque, des silhouettes cassées de vieilles femmes en blouse bleue allument des feux d'herbes mortes. Des panaches de fumées âcres, pailles encore humides, branches de framboisiers, sarments de vignes folles, tourbillonnent comme des génies orientaux avant de disparaître par enchantement.

Je me souviens de ces moments, lorsque j'étais très petit, et que j'accompagnais ma grand-mère dans sa chènevière. Je regardais le monde comme un grand livre plein d'images somptueuses ou inquiétantes. Mes jambes nues se balançaient au rythme de la carriole dans laquelle ma grand-mère m'avait hissé et je sentais contre mes fesses le fer des bêches et des sarclettes, la rugueuse caresse des cordeaux de ficelle, la musique cassante des feuilles de papier journal. Il faisait si bon.

Grand-mère remuait en silence son arpent de terre noire. J'étais tout à côté d'elle, prêt à bondir sur les vers blancs afin de les écraser sous le talon de ma chaussure. À la fin de la journée, tandis que montait de partout un frisson humide, grand-mère préparait un bon feu de broussailles. J'avais le droit de craquer l'allumette. Tout cela s'embrasait en un clin d'œil. Nous restions assis à chauffer nos mains striées de lignes sombres. Nos ongles ressemblaient à ceux des charbonniers. Je m'endormais au retour dans la charrette. À quoi pouvais-je donc rêver ? Les petits garçons ont parfois des sommeils pleins d'inquiétude. Il n'est pas rare que leurs fronts sages cachent des tourmentes.

Des pies disputant les restes d'une pomme à un corbeau me font revenir au monde. Au loin, la butte du Léomont présente son sein parfait au ciel qui l'enveloppe comme une main amoureuse. C'est un si beau paysage, d'une tranquillité qui donne à songer que la vie peut être une aimable douceur. C'est pourtant là qu'en août 1914 des milliers d'hommes jeunes sont morts. Eux aussi avaient été de petits garçons.

Beaucoup plus loin, vers l'ouest, on devine la colline de Sion, tremblante dans les brumes grises du soir qui s'annonce. La Lorraine est un aplat de champs, de forêts et de vergers. Elle se cherche des hauteurs. Elle aspire comme tout autre lieu à se regarder un peu. La colline lui donne ce privilège. Parfaite coque d'herbes et d'arbres, navire renversé au plein milieu des terres, elle fait songer à ces vigies oubliées des marins, et qui continuent, au plus haut des mâts de leurs vaisseaux fantômes, à veiller sur ceux qui n'en ont plus besoin.

Nos géographies se dispensent de cartes et, parfois, elles deviennent des rêves et des romans. Elles versent dans nos cœurs le précipité de nos vies. Elles murmurent à notre oreille, comme de très précieuses amies.

# CE FEU SUR NOS ÉPAULES

Il y a des éphémères saoulés de chaleur et qui, en bandes brutales, tentent sans jamais y parvenir de griffer l'air avec leurs ailes de soie. Il y a le murmure du gué lorsque l'eau soudainement précipitée sur les gros galets ronds s'éclabousse elle-même et devient transparente dans le miracle de sa faible profondeur. Il y a l'or sur le lit, à portée de main, l'or et le mica, la turquoise parfois, le jade, le noir des schistes, toute la parure de toutes les pierres qui dans le plein jour d'été deviennent précieuses et qui, dès lors que la main les sort du ventre froid et liquide qui les fait luire, redeviennent de pauvres cailloux, sans grâce, pesant de toute leur lourdeur glacée contre la main qui n'a

*«Il y a le murmure du gué...»*

qu'une envie alors, les lancer au loin, les faire ricocher contre le miroir de la grande rivière, qu'elles aillent se perdre, si elles le peuvent, vers l'autre rive, où l'amorce des saules et les buissons d'ortie composent une mosaïque molle et glauque.

Parfois, des voix viennent à nous, des voix de demoiselles, des rires plutôt, apportés de l'amont par une brise qui sent délicieusement la vase et la sève, la mer aussi, alors qu'ici la mer s'est retirée depuis si longtemps qu'il n'en reste plus aucun souvenir, sinon quelques empreintes de coquillages enkystées dans les roches et qui rêvent sans doute encore des lointains bas-fonds dans lesquels, voici plusieurs millions d'années, ils menaient leur vie tranquille.

Plus bas, vers le pont de Velles, on entend les baigneurs. On devine les éclaboussements, les poursuites, les corps qui se laissent dériver dans le frais, les jeux durant lesquels, garçons et filles, avec des airs d'innocence et sous le couvert des jeux d'été, frôlent leurs peaux, regardent leurs corps, les étreignent violemment et les précipitent dans des gerbes de gouttelettes, des cristaux humides qui montent au ciel et puis disparaissent comme par enchantement.

J'ai connu tous ces miracles. Ces miracles qui surviennent à quinze ans, lorsque, avec cet effroyable et délicieux vertige qui tord notre ventre, nous nous apprêtons à serrer dans nos bras celle dont on rêvait de nuit en nuit, tandis que le printemps passait, que les lilas fleurissaient et aussi les glycines, et les seringas, et que tous ces parfums, ces épanchements d'odeurs saoules que les soirs déversaient sous les halos des grands réverbères surfilés de hannetons, nous faisaient tourner la tête, devenir bêtes à pleurer, écrire des poèmes qui ne valaient rien sinon de nous faire comprendre plus tard, bien plus tard, lorsque, au hasard d'un vieux carton ouvert dans un grenier, nous les retrouvons, les relisons, qu'être amoureux fait de nous toujours de grands enfants magnifiquement ridicules.

L'asticot se tortille sur l'hameçon bleuté, si fin qu'on le croirait fait avec un cheveu de nouveau-né. Des rides vite estompées ont parcouru la surface de l'eau. On remue les pieds. Des nuages de sable filent alors devant nos jambes, des brouillards dans lesquels le fretin affolé va venir baguenauder et se perdre. On lance la ligne, le joli bouchon parfaitement plombé part dans le courant, fait quelques mètres, s'arrête net bloqué par le fil de nylon et le peu de longueur de la petite canne – la gaule dit-on ici. On recommence, sans jamais laisser ses pieds en repos, toujours faisant naître ces nuages blonds et sous-marins, aux formes purulentes, atomiques, et qui font penser quand on les regarde apparaître, s'enfler, muer, filer, grossir, disparaître, à de curieux orages saisis en accéléré.

Soudain le bouchon file dans les profondeurs, ou sautille sur place, danse une polka, une gavotte ou un quadrille, cherchant avec frénésie une partenaire absente. On ferre d'un coup sec. Le jonc de la canne plie un peu. On mène à la lumière le corps d'argent d'un tout petit poisson, goujon, ablette, chevesne, vairon au ventre si fragile qu'un rien suffirait à le fendre. On l'attrape entre ses doigts. Avec délicatesse, on retire de sa gueule l'hameçon, puis on le glisse dans la prison de mailles qui bat contre les jambes.

Quelques écailles se sont collées sur notre paume, maquillage nacré qui au fil des heures perdra toute sa brillance pour finir par ressembler à une croûte de corne, et peler, et tomber.

Les rires des jeunes filles se sont tus. Le temps s'est abandonné. Parce que c'est l'été. Et parce que lorsque je pêche ainsi, les pieds dans l'eau, à la brouillure, je ne sais plus qui je suis ni quel est mon âge.

Ma petite fille est tout contre moi. Je crois que j'ai huit ans, comme elle, et nos sourires se répondent, et nous n'avons pas besoin de mots pour dire notre joie d'être là, à pêcher bien plus que de petits poissons, à sentir la belle eau de la Moselle laver nos craintes, nos peurs, notre morosité. Même si je sais bien que cette eau qui va, qui va contre nous, près de nous, qui nous dépasse et nous aveugle parfois de ses reflets, nous unit comme elle nous sépare, car si en sentant sa caresse je me souviens de l'enfant que j'ai été, j'imagine que ma fille songe, quant à elle, à la jeune femme qu'elle deviendra un jour.

Mais il fait si beau aujourd'hui.

Et il fait toujours beau dans la vie lorsque, dans ces mois d'été qui paraissent infinis, le soleil, comme un œil éternel et complice, pose sur nos épaules nues sa morsure de feu.

# REVENIR EN SOI

Je pourrais croire en l'éternité.

Parfois.

Et surtout dans les matins d'automne, quand on sait derrière soi déjà tout un boisseau de temps, que l'on va, baguette de noisetier à la main, dans la forêt de la Reine, faite de chênes et de charmilles, comme on va vers le dernier rendez-vous, en le savourant parce qu'on sent qu'il est le dernier.

Sans doute est-ce une fois de plus une question de lumière, de miel versé par une main aussi habile qu'invisible, sur les fougères sèches que la brume semble faire frissonner et dont la rosée peine à étancher la soif. Une lumière d'un soleil de plus en plus bas, qui fait encore un peu le malin mais qui s'affaisse de jour en jour, décline, faiblit, fanfaronne sans plus abuser quiconque. Les prés souvent ressemblent alors à des mers, aux verdures mangées par des houles de brouillards desquelles émergent, étonnées, des têtes de vaches, seulement des têtes, comme si un boucher calculateur les avait considérées impropres à son usage et abandonnées là. Leurs enclos de piquets et de barbelés dessinent des damiers incomplets et des lignes de fuite. Fuir. On n'en a pas l'idée. On est si bien ici.

Il y a aussi, qui nous accompagne sans cesse parce que déposée comme un trésor dans notre mémoire, l'odeur du cellier que l'on vient juste de remplir de toutes les variétés de pommes, dont l'énoncé des noms forme déjà un poème, et aussi de quelques cageots de poires. Une odeur plutôt qu'un parfum, d'ailleurs ; un rien qui évoque l'intimité bien plus que le paraître. L'odeur du corps des fruits, de leur chaleur, de leur sudation, de leur profond mystère, de leur chair gardée encore enclose et qui, de jour en jour, dans la pénombre, subira de délicates métamorphoses. Quelque chose d'infiniment sensuel en somme, comme si l'automne permettait enfin de jeter bas tous les masques et toutes les ombrelles que l'été avait fait éclore, et que nous retrouvions enfin la vérité nue des fruits, du monde, de nos âmes débarrassées des jeux et des illusions qu'on lance aux visages des autres à la façon d'une poudre de perlimpinpin.

Je me souviens soudain, tandis que les yeux fermés, grâce aux mots que j'assemble, j'entre dans le cellier d'automne, d'un film de Peter Greenaway dans lequel il était question de noyade, de femmes et de fruits. Le cinéaste y avait composé un ensemble de gestes d'amour et de natures mortes – mais je préfère tant les vocables anglais *still life*, ou allemand *Stilleben* qui donnent davantage l'idée d'un apaisement et d'une suspension. Peut-être en somme de petites natures mortes à l'amour, et je retiens de la vision de ce film, que je n'ai jamais revu depuis, des images de peaux nues, de bain, d'insectes courant sur des fruits rangés sur des claies, avatars de ceux que les peintres du XVIIIe siècle avaient coutume de laisser dans les corolles de tulipes, les cratères de grands lys ouverts comme des sexes de femmes, sur des pommes éclatantes qui ne savaient pas leurs fins prochaines.

Peut-être l'automne est-il superbement la saison des vanités ? Et qu'aux pleins feux de l'été on puisse préférer la mélancolie des derniers jours de septembre, et de ceux d'octobre surtout, qui enveloppent l'être dans ce tourbillon de souvenirs, d'odeurs de feuilles fatiguées, de terre qu'on vient d'ouvrir de nouveau, sous les socs étincelants, et qui se trempe.

Je me suis assis sur un talus, le cul par terre donc. J'ai de vieux vêtements. Ils ont une histoire. Ce sont des compagnons de vagabondage. Je connais tout d'eux. Je les rudoie comme de vieux copains. Pendant des mois, ils pendent à un clou dans la remise. Lorsque je passe près d'eux, je les effleure, je les touche. Je leur parle. Leur dis de patienter, que bientôt nous reprendrons les marches d'automne et nos conversations interrompues.

Un héron est fiché dans les nénuphars. Immobile. Trois colverts, deux femelles et un mâle, dessinent un jardin à la française parmi les lentilles d'eau. Je sens dans ma poche mon couteau, une coquille d'escargot, deux châtaignes, un morceau de chocolat dans son papier d'argent. Je me dis que je ne suis rien. Que je ne suis pas plus important que la fourmi qui tente avec une énergie dont je me sentirais incapable de gravir l'immensité verticale de ma chaussure gauche, qui pour elle est un Himalaya. Pas plus savant que la carpe qui vient de gober une bulle d'air près de la roselière peignée par le vent. Bien plus laid que la libellule bleutée qui se pose en silence, avec la grâce d'une danseuse, sur la baie de sureau. Moins tranquille que les girolles que je tiens dans mes mains et qui, apprivoisées, délivrent leur parfum de beurre, comme les belles jadis en délaçant leur corset poudraient l'air de leur chambre du suc ambré de leur peau.

La forêt de la Reine se donne par endroits des mines solognotes : étangs engourdis, genêts, fougères, arbres et mousses, poissons abondants, gibier qui passe. Mais je sais où je me trouve, à défaut de savoir vraiment qui je suis : il y a non loin d'ici les vignes du Toulois et leurs rangées de ceps qui regardent les Vosges. Le vin qu'elles donnent a la couleur des lingeries de soie dont certaines femmes, parfois, se parent aux moments de l'amour : une sorte de rose pâle nuancé de gris. Mais peut-être est-ce aussi la couleur du doute ? Ou celle du temps qui, devant les spectres des mois d'hiver s'approchant dans les lointains, se perd, et nous laisse orphelins de joies évanouies.

## LES LONGUES NUITS

J'habite une terre de saisons. Tranchées au fer. Marquées à vif. Des mois qui se suivent comme partout ailleurs mais qui donnent ici aux jours des colorations et des étirements, des feintes, des feux, des ombres, des incendies, des chocs, des voies sans issue, des poudroiements de soleil ou de gel, mille variétés en somme. Aucune monotonie. Aucun ressassement. Des métamorphoses, toujours.

Depuis décembre et pour encore un mois ou deux, nous sommes dans le règne des longues nuits, celles qui peinent à s'éveiller puis qui s'abattent, avec la force de mains de joueur sur une table bancale, vers les quatre heures du soir. Le jour alors n'en mène pas large. Il sent bien qu'il lui faut ranger son attirail, nouer son drap aux quatre coins de l'horizon, et puis disparaître comme un roulier à l'approche des gendarmes. Penaud. Toujours coupable quoi qu'il en ait.

Nuits froides, presque palpables dans leur matière de vent, de givre, de morsures, de grésil et de neige. J'aime tant cela. Et il m'arrive souvent de les contempler ces nuits qui n'en finissent pas, moi qui me plais d'ordinaire à me coucher tôt, un livre à la main, dans la tiédeur d'un lit qui est comme la promesse d'une belle récompense.

L'hiver, je deviens le veilleur, le guetteur, sans autres instruments avec moi qu'un bon feu dans l'âtre, un fauteuil, un verre de vin ou de vieil alcool, des livres partout éparpillés, et la nuit.

La nuit que je regarde durant des heures comme on regarde un tableau. C'est un curieux spectacle d'ailleurs, où il ne se passe pas grand-chose, où les événements capitaux sont la chute de flocons, gras ou légers, de feuilles lourdes de pluie, un ouvrier qui part vers l'usine prendre son service, une voiture, lente et lumineuse, qui roule dans la rue, un chat qui se faufile sous les hêtres taillés. Je reste là. Je m'enrobe de noir et de songes.

Mais dans la petitesse des jours d'hiver, leur constante indécision, j'aime marcher des heures durant, parmi la campagne engourdie ou plus encore sur les contreforts de la montagne vosgienne. Je marche et n'entends aucun bruit sinon celui de mon souffle. Mes pas s'enfoncent dans la neige au milieu d'autres pas par dizaines, ceux des biches, des cerfs, des sangliers, des chevreuils que jamais je ne vois. La bise dévale des hauts sapins pour me mordre la peau. Parfois je tombe, le pied bloqué dans une racine. Je sens mon corps chauffer comme un moteur. Je ne pense à rien d'autre qu'au moment présent, à ma solitude dans ces lieux que l'hiver rend déserts. Je me dépouille. Il n'y a plus de mots.

À vrai dire, je ne sais pas si je peux parler de promenades pour ces voyages à pied, dans le froid constant, le vent, les forêts délaissées par les hommes. Ce serait plutôt des retrouvailles, avec moi-même, avec un être qui gît au plus profond de moi et que ces moments me permettent d'atteindre de nouveau.

Il est tard déjà. Je suis enfin parvenu sur la crête gréseuse du Grand Rougimont, parmi les bruyères rases et les houx constellés de baies rouge sang. Des nuages de métal s'enroulent aux forêts, en contrebas, en poudrant leurs cimes. Je bois du vent comme d'autres se rafraîchissent au bec d'une fontaine.

Ou alors, je suis comme il y a peu de jours sur

les berges craquelées de glace du petit lac de la Maix, dont les eaux disparaissent sous une poudre neigeuse, comme dans une fantaisie lapone. Petit lac de mystère dans son écrin de résineux, à quelques heures de marche de Vexaincourt, village engourdi de fumée, étang plutôt que lac d'ailleurs, aréole d'eaux mortes dont la légende dit qu'il y a longtemps, il fut une grasse prairie où l'on menait pèlerinage jusqu'au jour où un étranger sortit son violon et fit danser la procession, malgré les exhortations du curé à s'en aller prier. Le sol du pré s'ouvrit soudain, et l'eau engloutit à jamais musicien et danseurs enivrés.

Il fait très froid. Je mange un morceau de pain, du fromage. Le thé brûlant de ma gourde réchauffe mes mains. J'écoute les eaux du lac. Il paraît qu'à certaines heures on peut entendre, venant des profondeurs, la musique du violoneux et celle des cloches. Mais je ne perçois aucun bruit, sinon les battements de mon cœur, son lourd fracas. Des odeurs d'humus transi, de pierre, d'air sec se marient invisiblement. La nuit avance son mufle sombre.

De grands rideaux se tirent.

Et le ciel alors semble chuter de toutes parts comme un rapace sur sa proie.

*Composition Dominique Guillaumin*
*Impression Clerc*
*à Saint-Amand Montrond, le 25 mars 2008*
*Dépôt légal : mars 2008*
*Numéro d'imprimeur : 9684*

*ISBN 978-2-07-034946-3./Imprimé en France*

***154961***